UNIVERSALE
ECONOMICA
FELTRINELLI

MARCO TULLIO
GIORDANA
CLAUDIO FAVA
MONICA ZAPELLI
I cento passi

© Giangiacomo Feltrinelli Editore Milano
Prima edizione nell'"Universale Economica" gennaio 2001
Quinta edizione gennaio 2018

Stampa Nuovo Istituto Italiano d'Arti Grafiche - BG

ISBN 978-88-07-88484-9

FSC
www.fsc.org
MISTO
Carta
da fonti gestite in
maniera responsabile
FSC® C015216

www.feltrinellieditore.it
Libri in uscita, interviste, reading,
commenti e percorsi di lettura.
Aggiornamenti quotidiani

IL RAZZISMO
È UNA
BRUTTA STORIA.
razzismobruttastoria.net

Introduzione

Peppino Impastato nasce a Cinisi, provincia di Palermo, il 5 gennaio 1948, da una famiglia contigua a Cosa Nostra. Il padre, Luigi, è un piccolo imprenditore affiliato al clan di Gaetano Badalamenti; lo zio, Cesare Manzella, un capomafia che verrà ucciso nel 1963 nel corso di una guerra tra opposte fazioni.

Ancora ragazzo, Peppino rompe col padre e avvia un'attività politico-culturale che finirà per confliggere direttamente coi mafiosi. Nel 1967 fonda il circolo "Musica e cultura" promuovendo cineforum, concerti, spettacoli e dibattiti fra i giovani di Cinisi e del circondario (Terrasini, Partinico, Villagrazia). Nel 1976 fonda Radio Aut, piccola emittente corsara con cui denuncia illegalità e affari dei boss. Il suo programma *Onda pazza* – che mette alla berlina mafiosi, politici e portaborse – sarà esempio per molte altre radio come la sua.

Nel 1978 decide di candidarsi come indipendente nelle liste di Democrazia proletaria alle elezioni comunali. Viene assassinato nella notte tra l'8 e il 9 maggio 1978, durante la campagna elettorale, con una carica di tritolo che lo dilania sui binari della ferrovia. È un delitto atipico, senza "firma", fuori dagli schemi della sentenza esemplare: gli investigatori esitano, non vogliono pronunciare la parola mafia. La morte – che coincide col ritrovamento a Roma del corpo di Aldo

Moro giustiziato dalle Brigate rosse – viene rubricata come l'incidente sul lavoro di un facinoroso sprovveduto o – ancora peggio – come lo spettacolare suicidio di un depresso autodistruttivo. Gli amici di Peppino non si rassegnano: indagano per loro conto, mettono a disposizione dell'autorità i molti indizi dell'esecuzione. Solo vent'anni dopo la Procura di Palermo rinvierà a giudizio Tano Badalamenti come mandante dell'assassinio. Il processo è tuttora in corso.

Ricordavo da quel lontano 1978 la storia di Impastato, all'epoca poche righe impaginate di sfuggita a margine della ben più clamorosa notizia dell'assassinio di Aldo Moro. Già allora la tesi del dinamitardo di provincia mi sembrò inverosimile, addirittura insultante quella del suicidio. Nel 1995 Claudio Fava e il regista Marco Risi avevano realizzato un'inchiesta televisiva dal titolo *Cinque delitti imperfetti*. Uno di questi era il delitto "nella persona di Giuseppe Impastato", come recita con burocratica formalità l'intestazione dei fascicoli rimasti per anni a impolverarsi negli scaffali della Procura di Palermo. In quell'inchiesta si ricostruivano le varie fasi dell'indagine, i suoi depistaggi, le responsabilità dei primi demotivati inquirenti e la volontà di riaprire il caso da parte di magistrati galantuomini come Caponnetto, Chinnici, Costa e Falcone, questi ultimi tre assassinati a loro volta da Cosa Nostra. Fava e Risi avevano intervistato gli amici di Peppino, gli stessi che avevano raccolto prove inequivoche dell'assassinio, e mi aveva colpito il loro parlarne come fosse vivo, declinato al presente, palpitante insieme alle loro passioni non spente. Salvo Vitale, Andrea Bartolotta, Giuseppe Manzella, Giovanni Riccobono. Mi avevano colpito le parole taglienti di Umberto Santino – responsabile del Centro siciliano di documentazione intitolato a Giuseppe Impastato –, la sua anamnesi precisa del quadro generale. Mi avevano profondamente toccato la testimonianza di Felicia Bartolotta Impastato, la madre, e di Giovanni, il fratello. Testimonianze in cui dolore e indignazione non si "inscenavano", non si metabolizzavano in grida o rivalsa o accusa generica e senza oggetto. Incolpavano Badalamenti, il "contesto" mafioso, la latitanza – per non dire complicità – di troppe istituzioni. Lo sguardo chiaro e la voce ferma nel dire, gentile e orgogliosa. Persone integre che mi avevano fatto tornare alla mente versi pasoliniani: *c'è gente che fa della propria mitezza un'arma che non perdona.*

Qualche anno dopo, Claudio Fava e Monica Zapelli dedicarono al caso Impastato una sceneggiatura intitolata *I cento passi* che, inviata al premio Solinas (anonima, come prescrive il regolamento), aveva ricevuto una menzione speciale.

I diritti erano stati acquistati da un giovane produttore, Fabrizio Mosca, e tutti e tre erano venuti a trovarmi proponendomi di dirigere il film. Prima ancora di leggerla avevo deciso in cuor mio di rifiutare. Conoscevo solo superficialmente la Sicilia, temevo d'inscatolarmi nelle trappole del film di genere, negli stereotipi di una convenzione troppo forte da sradicare per chi non è siciliano e non conosce la lingua, i modi di dire e, soprattutto, *non dire*. Comunque avrei letto. Avrei fatto sapere.

Il copione rimase in casa per giorni, non avevo voglia di leggerlo. Pensavo a come uscirne senza ferire nessuno finché finalmente mi decisi. Scena uno. Casa Impastato-interno giorno. I copioni si scrivono così: intestati allo spazio-tempo, il numero di scena progressivo. Disegnano un ambiente: le suppellettili, i colori. Se entra un personaggio bisogna descriverlo: quanto è alto, di che colore i capelli, com'è vestito. Nel film lo vedremo in carne e ossa, basterà un colpo d'occhio per capire il tipo, le intenzioni, se dissimula qualcosa. In sceneggiatura tocca invece essere didascalici e minuziosi, descrivere in modo che il lettore possa entrare nella storia, visualizzare, cominciare a girare il suo film. Esistono manuali che insegnano, cataloghi di precetti e prescrizioni. Talvolta lo schema è così evidente da mostrarsi disseccato come uno scheletro; l'intreccio, la struttura, i climax e gli anticlimax, gli artifici che dovranno poi nascondersi nella mise en scène, rivestirsi di realtà. Qualche volta ci si accorge subito che è fatica sprecata. Situazioni inverosimili, personaggi fantoccio, dialoghi volonterosi o ridicoli o didattici o pretenziosi. Qualche altra volta la lettura è più fortunata; i personaggi ti appassionano, la storia avvince, vuoi sapere come andrà a finire. Oppure, se anche conosci già il finale (come nel caso Impastato), vuoi sapere *come* ci arriverai, in che modo saprai raccontarlo. Non smisi di leggere fino alla fine. Le mie riserve (su di *me*) erano tutte in piedi ma il copione mi era sembrato molto bello. Avrei fatto il film. Impossibile tirarsi indietro.

A Fabrizio Mosca chiesi due cose. Di poter girare il film a Cinisi, nei luoghi reali, e di scegliere gli attori nella stessa area. Soprattutto a Palermo, dove sperimentano e agiscono molti gruppi e compagnie. Gli altri li avrei cercati per strada, come avevano fatto Visconti per *La terra trema* o Marco Risi per *Meri per sempre* e *Ragazzi fuori*, Gian Vittorio Baldi per *Zen*, Huillet e Straub per *Sicilia!*, Pasquale Scimeca per *Placido Rizzotto*, e tanti altri che in quella terra hanno potuto trovare interpreti straordinari.

A Claudio e Monica ho chiesto di lasciarmi ricopiare il testo sul mio computer apportandovi tutte le varianti che credevo opportune. Avrei rispedito loro il nuovo testo perché potessero a loro volta correggerlo, inserire nuovi spunti – o tagliare quello che fosse sembrato meno convincente – in una sorta di continua verifica incrociata. Avevo utilizzato questo sistema scrivendo *Pasolini, un delitto italiano* con Stefano Rulli e Sandro Petraglia, e mi ero reso conto dei molti vantaggi che questo comportava. Fino a quel momento avevo scritto i miei film *insieme* agli altri sceneggiatori, anche proprio *fisicamente*. Stesso ufficio, stessa stanza, riunioni interminabili e anche grande divertimento. In quel modo tuttavia finivamo per vincolarci a vicenda, per convincerci delle stesse soluzioni e raggiungere un'identità di vedute che alla fine produceva un unico collegiale risultato senza che nessuno più fosse in grado di conservare quello spirito sufficientemente critico da spingere a un'ulteriore revisione. Rulli e Petraglia mi inviavano le loro pagine e io mi sentivo libero di intervenire, di fare nuove proposte, di cambiare. A loro volta, si sentivano altrettanto liberi nei confronti del mio materiale, modificandolo con le loro osservazioni, la loro adesione o il loro disaccordo. La stessa procedura in fondo che il montaggio usa col materiale delle riprese. Interpretandolo, tagliandolo, stravolgendo o ritrovando il senso con cui è stato girato sul set. Di *Pasolini* scrivemmo undici versioni. Dei *Cento passi* ne abbiamo scritte diciassette.

Arrivati a una versione più o meno definitiva è cominciato il lavoro di preparazione: sopralluoghi, preventivi, la ricerca degli attori attraverso centinaia di incontri e provini. Il testo continuava a modificarsi, assorbendo ogni volta le informazioni che si aggiun-

gevano. Gli incontri con Felicia e Giovanni Impastato, con Salvo Vitale, con Umberto Santino e Anna Puglisi del Centro Impastato, mescolavano suggestioni,
dettagli, anche critiche o riserve. Idee nuove giunge-
vano a scardinare le precedenti convinzioni; anche il
titolo per qualche tempo ha subito una crisi. A un certo punto sentii il bisogno di modificarlo: dalla versione n. 5 alla n. 10 il film si è chiamato *Amore non ne
avremo* (un acrostico composto da Peppino in omaggio a un'amica: Anna), poi *Vento del Sud* (versione
n. 13), quindi di nuovo *I cento passi*, titolo che oggi mi
sembra così necessario e assoluto che mi chiedo come possa averne dubitato.

Durante i provini per scegliere gli attori, senten-
doli *masticare* le battute scritte a tavolino, mi accor-
gevo talvolta della loro minore efficacia rispetto a qualche sorprendente novità nata lì sul momento, magari
perché un interprete aveva avuto una falla di memoria e sostituito un aggettivo con un altro. Da straniero sentivo il bisogno di comprendere tutto: se c'era
qualche parola dialettale troppo stretta cercavo con
gli attori il sinonimo più vicino possibile all'italiano;
la lingua stessa del film si è modificata, ha cercato di
avvicinarsi al virtuale futuro spettatore continentale.
Ogni volta Monica e Claudio registravano queste novità, le ricostruivano sui loro testi. Mi facevano osser-
vare quando la fuga era troppo in avanti o quando la
deviazione portava fuori strada. Più spesso si sor-
prendevano dell'energia che questo film sprigionava
negli altri, della loro voglia di contribuire e partecipare, di *scriverlo* con noi.

Questo lavoro di interpretazione è continuato durante le riprese. Non c'erano celebrità nel nostro film,
niente divi, né star. Quei soldi risparmiati sono stati

reimmessi nell'unico vero grande lusso cui aspira la lavorazione di ogni film: il tempo. Il tempo che consente di provare, di perfezionare, di accogliere o respingere. Il suo valore non ha prezzo perché – per quanto meticolosamente preparato, previsto, architettato in ogni inquadratura – il film reclama che la realtà vi irrompa a sorprendere e scardinare. È la cosa che più temono i produttori, perché sembra che il film sfugga di mano, che il regista possa perderne il controllo a rischio di danni molto gravi. Ma proprio quelle diciassette varianti mi avevano preparato a quasi tutte le sorprese. Proposte fatte lì per lì dagli attori o dagli altri collaboratori del film erano già state analizzate e scartate, giacevano incombuste e inutilizzabili nella memoria dei nostri processori. Talvolta invece la realtà veniva a visitarci (come auspicava Renoir: *lasciate sempre una porta aperta sul set perché possa entrarci la realtà*) attraverso ciò che rende miracoloso il cinema: la creatività degli altri, il loro contributo. Erano invenzioni che potevo utilizzare come risorse o rigettare, grazie proprio a quelle centinaia di piste e ipotesi scartate in sceneggiatura, a quei dialoghi continuamente rimaneggiati e affilati come coltelli. Ecco perché è importante la sceneggiatura, perché bisogna lavorarci molto. Perché possedendola si possa avere l'ardire di tradirla.

Questa che viene pubblicata è l'ultima versione, aggiornata coi suggerimenti, le amplificazioni o le elusioni nati sul set, i tagli impietosi del montaggio, le sequenze aggiunte addirittura a film finito – come per esempio le foto del vero Peppino Impastato (peraltro somigliantissimo all'attore che lo interpreta, Luigi Lo Cascio) montate quando ormai la copia era già mixata e stampata, costringendo l'ultimo rullo a subire un'ulteriore còstosa lavorazione. Sono tante le persone che vorrei ringraziare; le ritroverete tutte sparpagliate nei titoli di testa e coda del film, molte per averci lavorato direttamente nel loro ruolo istituzionale (attori, tecnici, maestranze, fornitori, finanziatori...), altre per una parola generosa, un consiglio spassionato, una critica severa. Vorrei dedicare questo lavoro a Felicia e Giovanni Impastato. La loro commozione quando hanno visto il film, più ancora che la loro incondizionata approvazione, è stata per Monica, per Claudio e per me il premio migliore, il più ambito.

Novembre 2000

Marco Tullio Giordana

Istituto Luce

Fabrizio Mosca
presenta

un film di
Marco Tullio Giordana

I cento passi

una produzione
Titti film

realizzata col sostegno del programma MEDIA
della Comunità Europea

in coproduzione con
Raicinema

in collaborazione con
Tele+

sceneggiatura
Claudio Fava
Monica Zapelli
Marco Tullio Giordana
menzione speciale premio Solinas 1998

fotografia
Roberto Forza

costumi
Elisabetta Montaldo

scenografia
Franco Ceraolo

suono presa diretta
Fulgenzio Ceccon

microfonista
Decio Trani

organizzazione
Guido Simonetti

cast
Fabiola Banzi casting

cast Sicilia
Nicola Conticello
Maurizio Nicolosi

aiuto regista
Barbara Melega

montaggio
Roberto Missiroli

prodotto da
Fabrizio Mosca

diretto da
Marco Tullio Giordana

SCENA 1
Cinisi – casa Impastato [interno giorno] – primi anni sessanta

Una donna armeggia intorno ai figli. Pallida, bruna, poco appariscente. Avrà quarant'anni. Gesti rapidi, decisi. Nessun inutile indugio, nessuna lentezza rituale. È Felicia Impastato:

FELICIA
E adesso il cravattino... i capelli Giovannuzzu, vieni qui che te li sistemo...

Peppino e Giovanni sono uno di fianco all'altro, quasi sull'attenti. Rigidi nel vestito della festa: scarpette di vernice, pantaloncini corti, giacchetta, cravattino. Giovanni avrà sei anni, Peppino una decina: aria seria, capelli lisci con la riga da una parte. Giovanni li ha addirittura stirati da una molletta di ferro...

Entra nella stanza un uomo sui quarantacinque. Portati male. Pochi capelli impomatati, fisico tarchiato, sguardo sbrigativo. Ha un vestito nuovo di zecca. È Luigi Impastato:

LUIGI
	Allora... siamo pronti?

	Guarda i bambini con compiaciuto orgoglio maschile. Poi qualcosa lo contraria, improvvisamente si rabbuia. Avvicinandosi a Giovannino:

LUIGI
	E questa cos'è?! A Giovannino me lo fai uscire con la molletta?!

	La strappa dai capelli di Giovanni. Ora si avvicina a Peppino, gli mette una mano sotto al mento per tirargli su la testa. Un gesto che vorrebbe essere affettuoso, ma che risulta invece brusco, sgraziato:

LUIGI
	La poesia l'hai imparata? Tutta? Non è che mi fai fare brutte figure?

SCENA 2
Baglio di zio Cesare – campagna [esterno mattino] – primi anni sessanta

	Una vecchia Giardinetta Fiat s'inerpica lungo uno sterrato. Sullo sfondo un baglio (masseria) di grandi dimensioni domina la vallata...

SCENA 3
Baglio di zio Cesare – la corte [esterno giorno]

	La nobile costruzione troneggia sulla campagna. Un corpo centrale dal quale si tendono due ali a cintare il perimetro dell'immensa corte; al centro un pozzo medievale. Altre costruzioni la chiudono in quadrato, come una fortezza. Pietra gialla, tufacea, calcinata dal sole. Sotto una tettoia...

...alcuni mezzi agricoli e una decina di auto lustre, come tirate fuori dal garage per una festa. Oche e galline scorrazzano per la corte, inseguite da una decina di bambini schiamazzanti. Sotto un pergolato...

...una trentina di persone attorno a un tavolo imbandito a festa. Uomini in camicia bianca, donne in vestiti a fiorellini. A capotavola...

...un uomo robusto sulla sessantina (Cesare Manzella). Insieme agli altri ascolta le parole di un uomo sulla trentina vestito in modo sgargiante (Anthony). Il suo italiano suona stentato, pieno di inflessioni americane...

ANTHONY
Grazie, zù Cesare, di questo bel *party* in onore mio e di *my wife*. Io sono molto felice di essere qui e rivedere tutti parenti e amici italiani. Scusate, parlo male... *My passport* americano...

Tira fuori dalla tasca il libretto blu del passaporto, lo mostra alla tavolata...

ANTHONY
...ma mio cuore italiano. Anzi siciliano!

Applausi commossi e convinti. Solo i bambini, sullo sfondo, ridono del buffo accento del cugino "americano". Ora è il turno di zio Cesare. Si alza in piedi, leva

*il calice all'indirizzo di Anthony e della giovane moglie
(Cosima):*

ZIO CESARE

...Anthony, Tonuzzo mio, ti guardo così bello, forte... *americano*... e ti rivedo bambino che porti
l'acqua a me e a tuo padre... [indica una direzio-
ne] là nella vigna a travagghiare sotto il sole, cafo-
ni che sudano sotto padrone...

Muove intorno uno sguardo accorato.

ZIO CESARE

...eravamo poveri allora. Niente era nostro... tuo
padre se ne dovette andare lontano a cercare fortuna...

*Sguardi compresi fra gli astanti. La macchina da pre-
sa isola Luigi e Felicia Impastato. Lui sta ascoltando
con attenzione, lei sembra più preoccupata di controllare da lontano Peppino e Giovanni...*

ZIO CESARE

Oggi tutte queste pietre sono nostre! Comprate,
guadagnate, sudate una a una! [si commuove]

*Luigi Impastato scatta in piedi. Leva il bicchiere ri-
volto a zio Cesare:*

LUIGI

Cognato mio! Perché sciupare questo giorno bel-
lissimo con la tristezza! Io, col permesso di questa
tavolata stupenda, voglio brindare alla libertà e al
lavoro che ci riscatta... [poi, astrattamente minac-
cioso] Mai più *poveri*! Mai più!

Trangugia il suo bicchiere tutto d'un fiato. Applausi di approvazione. Brindisi, altre persone che si levano in piedi...

LUIGI [insiste]
E voglio dire al cugino Anthony che siamo tutti felici... [una pausa] di vedere che non hai preso una moglie americana, ma una fimmina delle nostre parti, perché, come si dice: "Mogli e buoi dei paesi tuoi"! E allora io brindo a Cosima che bella com'è ti verrà facile di farci fare molti figli! Auguri e figli masculi e femmine!

Ammicca agli applausi, alle risate anche un po' grasse che dilagano fra gli invitati. Cosima nasconde il suo imbarazzo dietro il tovagliolo. Anche Felicia è a disagio quando il marito si mette in mostra...

LUIGI
E voglio dire anche un'altra cosa...

ZIO CESARE [interrompendolo]
E quante cose vuoi dire Luigi!? Parli solo tu? Facci sentire tuo figlio Peppino! Dove sei Peppino?! Non ci dovevi dire qualcosa?

Tutti gli sguardi puntano verso il gruppo dei bambini, isolando quello che sembra il più grandicello. Peppino Impastato ha l'aria seria, vagamente contrariata...

TAGLIO INTERNO

Peppino è stato fatto accomodare a capotavola, accanto alla sedia di zio Cesare. Tutti lo esortano a montare in piedi, ma il bambino ancora non si decide. È lo zio che lo afferra sotto le ascelle e lo solleva in piedi sulla sedia. Cala il silenzio. Finalmente:

PEPPINO
Dear Anthony and dear Cosima, my family offers you this poem... to remember our language and our land...

LUIGI [spiega agli altri]
Una poesia. Per non farci scordare l'italiano...

ZIO CESARE [disturbato]
Muto!

Un attimo di silenzio, poi Peppino comincia a recitare. Il suo tono è diverso ora, immedesimato in quello che dice:

PEPPINO
Sempre caro mi fu quest'ermo colle,
E questa siepe, che da tanta parte
Dell'ultimo orizzonte il guardo esclude.
Ma sedendo e mirando, interminati
Spazi di là da quella, e sovrumani...

Non è detto che tutti capiscano. Ma si incantano comunque al suono delle parole e all'aria compunta del bambino che le scandisce con profonda partecipazione...

PEPPINO
...Silenzi, e profondissima quiete
Io nel pensier mi fingo; ove per poco
Il cor non si spaura. E come il vento
Odo stormir tra queste piante, io quello
Infinito silenzio a questa voce...

La macchina da presa passa in rassegna...

...il compiacimento di zio Cesare, l'ansia di Luigi, la tenerezza di Felicia, la curiosità divertita di Anthony e Cosima fino a scoprire...

...il volto di un uomo (Tano Badalamenti) che ascolta impenetrabile. Occhi piccoli, zigomi pronunciati. Sembra il volto di un tartaro...

PEPPINO
...Vo comparando: e mi sovvien l'eterno,
E le morte stagioni, e la presente
E viva, e il suon di lei. Così tra questa
Immensità s'annega il pensier mio:
E il naufragar m'è dolce in questo mare.

Di nuovo applausi, complimenti, congratulazioni. Peppino sembra vergognarsi di quel successo. Cosima e Anthony lo abbracciano, zio Cesare se lo guarda con orgoglio malcelato, Luigi minimizza. Anche Tano sorride...

TAGLIO INTERNO

Ora zio Cesare sta accompagnando i suoi ospiti a visitare il vecchio frantoio. Indicando i possenti macchinari...

ZIO CESARE
Qui concentreremo la produzione, tutto sarà meccanizzato, moderno... le vedete quelle macchine? Roba tedesca, roba che costa un occhio della testa!

Impressioni e commenti ammirati da parte degli ospiti...

21

TAGLIO INTERNO

Ora il gruppo si è spostato nelle cantine. Un'enorme costruzione nella quale sono allineate decine e decine di enormi botti.

ZIO CESARE
Questa roba la cambiamo tutta quanta. L'olio lo conserveremo nei tini di acciaio inossidabile...

Nel gruppo un vecchio non nasconde la sua perplessità. È vestito all'antica: coppola in testa e camicia nera sotto il doppiopetto striminzito...

GASPARO [dubbioso]
L'olio nel ferro? Sarà, ma preferisco le giare di terracotta...

ZIO CESARE [ridendo]
Zù Gasparo, uomo del passato sei! Fosse 'ppe tia saremmo ancora all'età della pietra! Oggi l'agricoltura bisogna farla coi sistemi industriali!

GASPARO [scuote la testa]
I piccioli che ci vogliono!

ZIO CESARE
Certo che ci vogliono i piccioli. E noi ce li facciamo dare dalla Regione!

GASPARO
Tutti cornuti quelli!

ZIO CESARE
E fatti furbo Gasparo! Finiscila di votare per il re! Ormai ci abbiamo la repubblica! La democrazia!

*Gli altri ridono. Luigi Impastato per dileggio intona
la* Marcia reale:

LUIGI [cantando]
Viva 'u re, viva 'u re, viva 'u reee!

Il vecchio scuote la testa contrariato...

TAGLIO INTERNO

*In un angolo della corte la tettoia che ripara le mac-
chine degli invitati. Soprattutto Fiat 600 e 1100, qualche vecchia Lancia, una Giardinetta, una lucente Giulietta scura. Il gruppo dei ragazzini la circonda in con-
templazione:*

UN BAMBINO
Sessantacinque cavalli, è la più potente di tutte...

SECONDO BAMBINO [sfottendolo]
E dove li tiene tutti questi cavalli? [annusando] Non
si sente neanche il ciàuro!

UN BAMBINO
Allora a diciott'anni me la compro.

SECONDO BAMBINO
Io invece mi compro la *esse esse...*

TERZO BAMBINO [ridendo]
Sì, con quali piccioli?

*Sullo sfondo il gruppo degli invitati è uscito dalle
cantine e – guidato da zio Cesare – si muove lentamente verso i ragazzini...*

PEPPINO
Quando mio zio la cangia ci chiedo se me la regala...

La voce dell'uomo lo interrompe divertita:

ZIO CESARE
E che ci fai se non la sai guidare?!

Peppino arrossisce. Con lentezza studiata zio Cesare tira fuori le chiavi dal panciotto e le infila nella portiera. I bambini si fanno più vicini per ammirare gli interni a quadretti pied-de-poule, il volante con le razze bianche e nere, il cerchietto cromato del clacson...

Zio Cesare si accomoda con fatica al posto di guida, aggiusta la posizione del sedile.
Infila la chiave nel cruscotto...

...la gira...

...e finalmente accende il motore. Qualche colpetto di gas, guardando il gruppo dei ragazzetti che lo fissa ipnotizzato. Rivolto a Peppino:

ZIO CESARE [perentorio]
Monta. Adagio, che mi scafazzi tutti i *cosi*...

TAGLIO INTERNO

Le mani strette attorno al volante, Peppino sprizza preoccupazione e felicità. La macchina da presa lo scopre insieme a zio Cesare sulla Giulietta nella vastità del cortile. Ai bordi...

...gli uomini le donne e i bambini sono sparpagliati a guardare l'insolito spettacolo dell'auto che procede a

balzelloni sulle grosse pietre del selciato. Nella Giulietta...

...zio Cesare forza il piede di Peppino sull'acceleratore, interviene sullo sterzo, lo punta contro un malcapitato. Arrivano quasi a investirlo. Poi, a pochi passi...

...inchioda di colpo. La Giulietta s'impunta sulle sospensioni...

ZIO CESARE
Ce la portiamo tua mamma? [sporgendosi dal finestrino] Felicia, te lo fai un giro con noi?!

La madre di Peppino guarda per un attimo il marito, poi fa segno di no con la testa. Un bambino strilla che vuol salire anche lui. È Giovanni che vorrebbe raggiungere il fratello...

ZIO CESARE
E Anthony, lo mettiamo sotto a Anthony 'u americano?

Ripete lo scherzo col nipote americano. Anthony sta al gioco, giunge le mani chiedendo pietà, finge di aver paura. La Giulietta gli si impunta a pochi passi, poi riparte sgommando verso una nuova vittima...

ZIO CESARE
E quello secco secco col cappello? E tuo padre? Mettiamo sotto anche a lui... Mettiamo sotto a tutte queste femmine di drogu... E quello panzuto, l'Assessore... Anzi, no: mettiamo sotto a Tano. Talìa, talìa che laido!!!

Interviene sul volante e punta deciso contro un uo-
mo in mezzo alla corte. È Tano Badalamenti. Ma Tano
non sta al gioco, non finge di spaventarsi, non accenna
a scappare. Giacca sbottonata, sguardo di ghiaccio, ri-
mane immobile ad aspettare la Giulietta che punta con-
tro di lui...

La macchina arriva a pochi centimetri, prima di in-
chiodare. Polvere e silenzio improvviso. Tano si spolve-
ra la giacca, un sorriso feroce gli illumina la faccia. Si
avvicina al finestrino:

TANO
Peppino, ma che ci volevi fare a zù Tano? Non ci
vuoi più bene allo zio Tano?

Infila la mano nel finestrino, mima una carezza che
sembra piuttosto uno scappellotto. Zio Cesare s'irrigi-
disce subito:

ZIO CESARE
Oh! Giù le mani...

TAGLIO INTERNO

Ora il gioco è finito. Gli uomini sono in gruppo vi-
cino alle auto, sorseggiando un caffè. Le donne, sullo
sfondo, sparecchiano mettendo a posto. Peppino ha di
nuovo raggiunto gli altri bambini; corre con loro felice
della sua avventura. Zio Cesare lo guarda, poi ammic-
ca a Luigi:

ZIO CESARE
'O figghiu tuo... picciotto sveglio!...

LUIGI [compiaciuto]
'A simenza quando è buona non si perde...

ANTHONY
In cinque minuti si imparò a guidare...

ZIO CESARE
...e a capire chi mettere sotto e chi no... Non è vero Tano?

Una sfumatura polemica che Tano subito afferra. Guarda zio Cesare interrogativo:

ZIO CESARE
Volevi farci vedere che non hai paura? Nemmeno per babbiare cu' picciotto?

Tano non risponde. Sorride, abbassa gli occhi.

LUIGI [sdrammatizza]
Zio Cesare, ma quanto ti costò la Giulietta?

ZIO CESARE
Te la vuoi accattare tu?

LUIGI
Io la Giulietta? E con quali piccioli?

Ridono tutti, ancora un po' tesi...

TANO
Dicono che i La Barbera si sono fatti la Mercedes...

ZIO CESARE
E tu che ne sai? Quegli scassapagghiari di Palermo ti mettesti a frequentare?

Cala il silenzio, come se tutti sentissero sulla pelle lo scatto di zio Cesare. Poi, con tono improvvisamente rilassato:

ZIO CESARE
Altro che Mercedes. Quelli ancora col mulo dovrebbero camminare!

Un brusio di risate. Ride Tano sollevato, ride il padre di Peppino, allegro e complice. Si volta verso la moglie che sta in disparte con Giovanni attaccato a una mano. La tensione è finalmente spezzata:

FOTOGRAFO
Avanti che vi faccio una fotografia! Fermi, taliàte qui...

Agita una macchina fotografica. Si stringono tutti per un attimo, immobili. Luigi, Tano, zio Cesare, Anthony e tutti gli altri. Prima che scatti, zio Cesare chiama a sé il nipote:

ZIO CESARE
Peppino, qua! L'autista mio lo voglio qua vicino!

Si mettono tutti in posa a comporre una sorta di grottesco Quarto Stato.
Poi l'inquadratura viene calcinata dal lampo del flash...

SCENA 4
Cinisi – negozio del barbiere [interno giorno]

Il bianco abbagliante ora è quello schiumante del sapone da barba che il barbiere spennella con generosità sulle guance di Cesare Manzella. Non ci sono altri av-

ventori nel negozio salvo Peppino – seduto in un ango-
lo a leggersi un fumetto – e il campiere che accompagna
sempre Manzella...

ZIO CESARE
Ma che cos'è 'stu baccano?

Il campiere sbircia oltre le cortine:

CAMPIERE
Stefano Venuti, 'u pitturi... il solito comizio...

Zio Cesare lo ferma. Tende l'orecchio ad ascoltare...

ZIO CESARE
E con chi ce l'ha stavolta?

CAMPIERE
Con l'aeroporto...

ZIO CESARE [al campiere]
Pigghia 'a seggia... Vieni, andiamo a fare i *comu-*
nisti!

Si leva il sapone con l'asciugamano ed esce in strada...

SCENA 5
Cinisi – la piazza principale [esterno mattino]

La piazza principale di Cinisi si affaccia sul lun-
ghissimo Corso che porta al mare. Alle sue spalle il no-
bile edificio spagnolesco del Comune e la montagna che
chiude come un fondale.

Utilizzando il tetto di una scassata Giardinetta come pulpito precario, un uomo (Stefano Venuti) sta arringando la piazza completamente vuota...

VENUTI

...e chi lo voleva quest'aeroporto! L'Alitalia? L'Aeronautica militare? No, nessuno lo voleva qui a Punta Raisi l'aeroporto! E basta guardare sopra le vostre teste per capire perché... [quasi gridando] Perché c'è 'sta montagna acussì alta, perché c'è rischio di andarci a sbattere contro a 'sta montagna...

Nessuno assiste. Pochi curiosi si tengono a distanza all'ombra delle case. Sotto il palco c'è soltanto...

...Cesare Manzella, seduto su una seggiola pieghevole. Il campiere tiene aperto un ombrello, orientato in modo da parare il sole. Peppino è accovacciato lì vicino. Gomiti puntati contro le ginocchia, testa appoggiata sulle mani. Guarda la scena come uno spettacolo di pupi...

VENUTI [imperterrito]

...ma qui volevano farlo e qui l'hanno fatto! Non c'era nessuna ragione logica tranne quella di comprare i vostri terreni a pochi piccioli e rivenderli all'aeroporto guadagnandoci sopra cento volte!

Una pausa. Venuti misura la presenza di don Cesare, del campiere, di Peppino che lo guarda affascinato. Misura la piazza vuota, gli uomini lontani riparati nell'ombra. Poi sceglie il suo interlocutore:

VENUTI

...non parlo per loro, che hanno paura a farsi vedere che mi ascoltano... è a TE che lo voglio spiegare!

Indica Peppino. Il ragazzetto non sa se essere orgoglioso o imbarazzato.

VENUTI
…Hai una bella faccia, pulita, occhi intelligenti… e magari puoi pure credere che costruire una strada, un ospedale o un aeroporto sia una bella cosa… una cosa che conviene a tutti…

Peppino, emozionato, cerca di darsi un contegno…

VENUTI
…e invece devi saperlo che si costruisce solo per rubare. Si costruisce solo per mangiarci sopra…

Zio Cesare si mette ostentatamente ad applaudire, subito imitato dagli uomini ai bordi della piazza. Stefano Venuti si rivolge proprio a lui:

VENUTI
…batti pure le mani, don Cesare! Così è andata e ancora non vi basta! Ora volete pure farci un'altra pista! Un'altra colata di cemento, altri 'ntrallazzi da combinare con il Sindaco, la Regione e il Padreterno…

ZIO CESARE [scatta]
È il progresso, amico bello! Che porta posti di lavoro! Case! Turismo! Non fa bene a Cinisi tutto questo? I siciliani cavernicoli devono restare?

VENUTI
Ma chi li ha avuti i posti di lavoro? Gli amici tuoi *mafiusi*!

31

*La parola magica è stata pronunciata. Ora tutti aspet-
tano la reazione. Anche Peppino guarda preoccupato
verso lo zio. Manzella si alza in piedi teatrale e s'in-
cammina. Toglie udienza, subito seguito dal campiere e
dal nipote...*

ZIO CESARE

E dove sono 'sti *mafiusi*, chi sono? Sempre a dire mafia qua, mafia là... e che cos'è 'sta mafia?
Dov'è!

Si ferma:

ZIO CESARE

Comunque se proprio vuoi saperlo...

Prende tempo, misura bene le parole:

ZIO CESARE

...sono contrario a questa nuova pista. Lo dissi al
Sindaco: affare sbagliato! Troppo cemento... [scher-
za] troppo traffico, troppo rumore...

VENUTI

Sarai pure contrario, Cesare Manzella, ma intanto gli altri si sono già messi d'accordo!

*Ora zio Cesare è livido di rabbia. Sta in piedi mi-
naccioso. La voce è tagliente, definitiva:*

ZIO CESARE

Gli altri *chi*?! Nessuno qui si mette d'accordo se
non lo dico io!

SCENA 6
Baglio di zio Cesare – la corte [esterno mattino]

È passato qualche tempo.
Il sole del mattino stinge in pastello il biancore della masseria.
Zio Cesare si avvicina alla Giulietta accompagnato dal solito campiere. Tira fuori le chiavi, apre la portiera.

Si assesta al posto di guida, infila la chiave nel blocchetto dell'accensione. La gira...

Il motore si avvia regolarmente. Ora la Giulietta attraversa la corte dirigendosi verso il grande portale...

SCENA 7
Baglio di zio Cesare – campagna [esterno mattino]

Escono dalla masseria imboccando il sentiero che si infila nei campi. Dopo qualche decina di metri...

...sono costretti a fermarsi. Un'altra Giulietta occupa la trazzera impedendo il passaggio. Zio Cesare pesta sul clacson per richiamarne il proprietario.

ZIO CESARE
Ma guarda 'sto cretino!

Scendono. Il campiere mette le mani a imbuto intorno alla bocca:

CAMPIERE
Unni siti? Togliessero 'stu carro!

Nessuna risposta. Il campiere si china a sbirciare nell'abitacolo:

CAMPIERE
Ci stanno 'e chiavi...

Zio Cesare infila la mano nel finestrino, pigia a lungo sul clacson della Giulietta estranea. Poi si decide: spalanca la portiera e monta. Gira la chiavetta...

La Giulietta esplode con una fiammata...

SCENA 8
Baglio di zio Cesare – una stanza [interno giorno]

La camera ardente è allestita in una stanza della masseria. Paramenti neri, ceri accesi, grande bara di mogano. Accanto a gente semplice, notabili e autorità: il Sindaco con la fascia tricolore, un Monsignore venuto da Palermo. Si mescolano alle prefiche e ai dolenti nella consueta rappresentazione...

Tutta la scena è vista con gli occhi di Peppino. Che osserva stranito...

...il dolore imbalsamato sul volto della zia e dei parenti stretti. Lenti scure a cancellare lo sguardo rendendolo imperscrutabile alle condoglianze. Tutto ha il ritmo stralunato di un balletto: le mezze frasi, i baci, gli inchini, la disperazione non si sa se sincera o simulata...

Le sensazioni che attraversano Peppino sono forti, al limite della nausea.
Si volta in giro e percepisce uno strano disagio. Rumori isolati piovono nel silenzio come fuori sincrono, i

gesti non hanno più alcun apparente legame. Tutti stanno guardando verso un'unica direzione. Nel vano della porta è apparso...

...Tano. Vestito scuro, sguardo di circostanza. Il tempo sembra fermarsi, nessuno osa un gesto di saluto, di ripulsa, di un sentimento qualsiasi. Tano allarga le braccia come al rallentatore. Dopo un attimo di esitazione la vedova...

...accetta il suo abbraccio. Anche Luigi e gli altri lo abbracciano...

SCENA 9
Casa Impastato [interno giorno]

Ora Felicia è a casa coi figli. Casa piccolo borghese, essenziale, senza niente di superfluo o pretenzioso. Felicia aiuta Giovannino a togliersi l'uniforme del lutto: la stessa giacchetta blu e la camicia immacolata della prima comunione. Le emozioni sembrano bandite dal suo volto, ogni gesto si compie per puro automatismo. È Giovannino a rompere il ghiaccio:

GIOVANNI
Mamma... ma quelli che fecero morire a zio Cesare... ce l'hanno pure con noi?

FELICIA [vuole rassicurarlo]
E perché dovrebbero avercela con noi? Noi niente facciamo!

Cerca di nascondere il suo disagio. Giovanni si accontenta, ancora troppo piccolo per dubitare. Peppino invece continua a guardarla. Poi:

PEPPINO [cautamente]
Mamma... tu lo sai chi è stato?

FELICIA
No.

PEPPINO [insiste]
E papà?

FELICIA [brusca]
E neanche papà lo sa.

PEPPINO
Mamma... cosa si prova a morire così?

FELICIA [dopo una pausa]
Niente succede... Attimi sono...

SCENA 10
Casa Venuti [interno giorno]

Qualcuno sta suonando alla porta di un antico palazzetto. Stucchi alle pareti, intonaco divorato dall'umidità e dall'incuria. Stefano Venuti va ad aprire. Indossa una vecchia palandrana tutta macchiata di colori. Apre la porta. Sul pianerottolo...

...c'è Peppino con qualcosa sottobraccio, impacchettato in un giornale...

PEPPINO
Stefano Venuti... 'u pitturi?

VENUTI
Sì. E allora?

PEPPINO
Quanto costa fare un ritratto?

TAGLIO INTERNO

Lo studio è sgombro di mobili, come fosse stato "ripulito" da svendite successive. Tutte le pareti sono tappezzate di quadri, fogli da disegno, schizzi, prove di colore. Soprattutto ritratti: il volto umano esplorato in un'infinità di espressioni e di varianti. Sul cavalletto, ancora in opera, un ritratto di Majakovskij...

Stefano Venuti svolge il pacco che gli porge Peppino: è una fotografia incorniciata di Cesare Manzella.

VENUTI
Sarebbe questo il ritratto?

Peppino non risponde, Venuti gli indica una sedia:

VENUTI
Siediti. Mettiti lì.

Peppino obbedisce. Uno sguardo incuriosito intorno: appoggiati in terra e senza un ordine preciso molti strani oggetti: scudi, tamburi, maschere africane, una lancia, un casco militare inglese...

VENUTI
Mi dispiace. Non lo posso fare.

PEPPINO [subito ostile]
E perché?

Ora è Venuti a tacere. Si è seduto. Ha preso in mano un foglio di carta-spolvero e un carboncino. Comincia a scarabocchiare qualcosa.

PEPPINO
L'hai ammazzato tu lo zio?

VENUTI
Ma che dici, ti sei impazzito?

PEPPINO [duro]
Tu non sei comunista? I comunisti ci odiano.

VENUTI
Ma chi te le mette in testa tutte 'ste fesserie?

PEPPINO [incalza]
E allora chi è stato a scannarlo?

Stefano Venuti lo guarda con tenerezza. È ammirevole il coraggio di quel ragazzino, la sua voglia di conoscere e capire...

VENUTI
Quelli come lui l'hanno scannato. Quelli che vogliono prendere il suo posto.

Peppino abbassa lo sguardo. Poi, a mezza voce:

PEPPINO
È vero che eravate amici? Che eravate in prigione insieme?

VENUTI
Tanti anni fa. Mussolini ci mandò al confino. Tuo zio perché era mafioso, io perché ero comunista. Ma amici no. Non potevamo essere amici.

PEPPINO
È per questo che non ci vuoi fare il ritratto?

Venuti non risponde subito. Continua a disegnare. Poi:

VENUTI
Lo sai cos'è una *faccia*? È come un paesaggio. La nostra faccia può essere un giardino, oppure un bosco, oppure una terra desolata dove non ci cresce niente... Io dipingo solo i paesaggi che mi piacciono.

PEPPINO [sta al gioco]
E che *paesaggio* sarebbe quello lì sul cavalletto?

Indica il ritratto ancora in bozza...

VENUTI
Un fiume. Un grande fiume in piena. Quello è il compagno Majakovskij.

PEPPINO
E chi è?

VENUTI [scuote la testa]
È una storia lunga...

PEPPINO
Raccontala.

SCENA 11
Campagna [esterno alba] – 1968

Campi e uliveti separati da muretti a secco, aranceti carichi di frutti. Vecchie coloniche ancora in uso di-

segnate con semplicità, piccoli annessi dov'è ricavato un forno, la stalla, il capanno degli attrezzi...

Poi le facce di chi abita quei luoghi. Lineamenti duri, squadrati, incisi dal sole. Berretti scuri calzati a coprire la fronte, fazzoletti sulla testa delle donne. Bambini scalzi, ammutoliti, compresi della gravità di quello che succede. In mezzo a loro...

...un gruppo di militanti con bandiere rosse, striscioni e cartelli che denunciano l'esproprio per la terza pista dell'aeroporto di Punta Raisi. Un po' invecchiato, c'è Stefano Venuti, affiancato da un giovane. È Peppino Impastato ventenne. Stessa magrezza, stessi capelli corti, stesso sguardo acuto che aveva da bambino. In lontananza due enormi scavatrici...

...stanno scaldando i motori. Fumo nero dai tubi dello scappamento. Tutt'intorno maestranze, ingegneri, operai edili che non sanno cosa fare. Guidato da un Maresciallo, un drappello di carabinieri si attrezza per lo scontro: elmetti calati, bandoliere in pugno, lacrimogeni in canna. Un ufficiale giudiziario strilla al megafono:

UFFICIALE GIUDIZIARIO
...Vista l'ordinanza di esproprio per pubblica utilità, ai sensi dell'articolo quarantotto comma secondo e terzo, visto il regio decreto numero duemilatrecentocinquantanove del venticinque sei milleottocentosettantacinque... preso atto dell'urgenza come da specifica dichiarazione dell'ente di governo regionale, constatata la congruità del risarcimento così come certificato dalla apposita commissione, ordina l'immediato sgombero dei terreni e dei fabbricati a essi pertinenti, entro e non oltre le ore dieci del 3 marzo corrente anno...

MARESCIALLO [strappandogli il megafono]
...e dà incarico alla forza pubblica di far eseguire il suddetto ordine.

Nessuno si muove.

MARESCIALLO [grida]
Avete sentito? Prendete la vostra roba e toglietevi di mezzo!

Fa un segno ai trattoristi. Lentamente le ruspe cominciano ad avanzare "coperte" dal plotone di carabinieri. Affondano le lame nella terra travolgendo tutto quel che c'è davanti. Allora Peppino...

...si mette a correre verso la ruspa che guida l'invasione. Giunto a pochi metri si lascia cadere a terra. La ruspa slitta sui cingoli, è costretta a fermarsi...

Il trattorista urla di scansarsi, pesta sull'acceleratore, guadagna qualche centimetro fino a sfiorarlo. Ma Peppino non cede...

Ora anche tutti gli altri lo raggiungono, si distendono al suo fianco ricoprendo il terreno di un "tappeto" di corpi. I carabinieri devono trascinarli via a uno a uno.

SCENA 12
Caserma [interno giorno]

Un corridoio sul quale si affacciano varie celle. Una teoria di stanzoni, forse vecchie stalle, cintate da sbarre molto alte. Racchiudono, sparpagliati, alcuni dei manifestanti. Regna pesante l'atmosfera della sconfitta.

Nessuno ha voglia di parlare. Qualcuno, dolorante, geme in un angolo. Stefano Venuti prende la parola:

VENUTI
Compagni... oggi abbiamo perso, siamo stati sconfitti. Ma una cosa l'abbiamo dimostrata: siamo stati uniti, compatti, non abbiamo avuto paura di affrontare gli sbirri...

Peppino è in fondo a una delle celle. Si massaggia la fronte dove annerisce un'ecchimosi vistosa. Il ragazzo accanto a lui (Salvo Vitale) scatta in piedi:

SALVO [ad alta voce]
Compagno Venuti, già che siamo qui dentro magari ci facciamo due ragionamenti...

Tutti guardano verso il ragazzo. Il piantone corre verso la sua cella:

PIANTONE
Muto! Ho detto che non si può parlare!!!

SALVO [incurante del piantone]
Perché bisognerà prendere lezione dalle sconfitte... ma la prima lezione è capire chi sono gli amici e chi i nemici...

VENUTI
Che cosa vuol dire?

Anche gli altri militanti si fanno attenti. Intervallato dai comici tentativi del piantone di zittirlo, incomincia il dibattito...

SALVO

Se il Partito promette di sostenerci... se dice che verranno da Palermo gli operai, gli edili e la qualsiasi... e poi invece non si fa vedere nessuno... vuol dire che a questo Partito di noi non gliene frega una beata minchia!

PIANTONE

Muti! Zitti!!!

Anche altri militanti ora trovano il coraggio di esprimere la loro frustrazione:

PRIMO CONTADINO

...Trent'anni a raccogliere la merda dei muli! Avevo un pezzo di terra e se 'o pigghiaru!

SECONDO CONTADINO

Io ci feci la casa, sulla terra. Unni li porto adesso i figghi?

TERZO CONTADINO

Quelli di Palermo, perché non vennero? Il Partito con chi sta?

Peppino prende coraggio, si alza e si avvicina alle sbarre; prende il respiro prima di parlare:

PEPPINO

Scusate, posso dirla una cosa pure io? Forse questa lotta era già persa in partenza...

Stefano Venuti alza gli occhi sorpreso.

PEPPINO [continua]
...forse il Partito ha preferito mollarci in cambio di qualche posto di lavoro all'aeroporto...

Un militante si aggrappa alle sbarre urlando:

MILITANTE
Ma tu chi cazzo sei? Ti permetti di farci 'a lezione?! 'U figghiu di Impastato! 'U niputi di don Cesare Manzella!

SALVO [beffardo]
E che minchia c'entra figlio o nipote!? Almeno qui dentro siamo tutti uguali!

MILITANTE
Salvo che fai? Adesso dai confidenza ai parenti dei mafiosi?

PIANTONE [isterico]
Muti!!! Silenzio!!!

Salvo sta per replicare quando un rumore di chiavistello attira l'attenzione. Entrano altre guardie insieme al Maresciallo:

MARESCIALLO
Zitti, silenzio! Dove vi credete di stare?! Al bar?!

Misura il silenzio calato improvvisamente in tutte le celle. Poi fa cenno al piantone di far passare...

...Luigi Impastato. È invecchiato, gonfio, torvo di rabbia e di vergogna. Avanza nel corridoio sbirciando dentro alle celle in cerca del figlio. Il Maresciallo fa cenno al secondino di aprire una cella:

MARESCIALLO [un ghigno]
Avanti, vieni fuori...

Peppino rimane immobile, non vuole obbedire. Allora Luigi...

...si scaglia dentro la cella, afferra il figlio e lo trascina fuori. Rivolto al militante:

LUIGI
Chi è che ha detto mafioso, tu? Non ti preoccupare che saccio dove abiti e come ti chiami...

MARESCIALLO
Silenzio, fuori!

LUIGI
No, niente... non ti preoccupare...

SCENA 13
Cinisi – casa Impastato [interno notte]

La stanza dei genitori. Sono entrambi a letto. Luigi supino, sguardo fisso davanti a sé. Felicia gli volge le spalle. Il ticchettio di una sveglia sul comodino è l'unico rumore...

LUIGI [come parlando a se stesso]
...Vengono in pizzeria... entrano in tre, quattro, senza dire nemmeno buongiorno e buonasera... mi dicono che se la fa coi comunisti, che è diventato il cocco di Stefano Venuti... Tu lo sapevi?

La madre non risponde. Resta immobile, senza un fiato.

LUIGI
Cominciano ad alzare la voce, a insultare Peppino!
Allora ci dico che non si devono permettere di parlare di mio figlio in quel modo. Che minchia ne
sanno loro di Peppino? Peppino ha studiato...

FELICIA [prende coraggio]
Tuo figlio è un picciotto giusto...

LUIGI
...lui è così; impulsivo, precipitoso...

FELICIA
...quello che pensa dice...

LUIGI [come se non l'ascoltasse]
Gli ho detto che me lo devono lasciare stare, mio
figlio. Che a imparargli l'educazione ci basto io...
[voltandosi verso la moglie, duro] Ma se Peppino
continua a farsela con quei morti di fame, te lo giuro sulla testa di mio padre che gli rompo le ossa.

*Felicia si volta dall'altra parte. Con tono che cerca
di essere il più accomodante possibile:*

FELICIA
È ancora picciotto... Quando cresce gli passa...

SCENA 14
Sezione del Pci [interno giorno]

*La sezione del Pci di Cinisi è un lungo stanzone buio.
Una ventina di sedie di legno, una logora bandiera rossa avvolta nell'angolo, ritratti di Lenin e Togliatti sulla*

parete. In fondo: un tavolo di legno dietro il quale è seduto Stefano Venuti.

Salvo e Peppino stanno mostrandogli qualcosa: sul tavolo è steso il menabò di un giornale. Si chiama "L'Idea Socialista" e in prima pagina campeggia cubitale il titolo: MAFIA, UNA MONTAGNA DI MERDA.

SALVO
   Allora, che ne dici?

Il segretario scuote la testa:

VENUTI
   Cosa vi credete di fare con questo giornaletto?

PEPPINO
   Il Partito non c'entra niente. Vogliamo solo che ci presti il ciclostile.

VENUTI
   È solo una provocazione. Infantile e presuntuosa.

PEPPINO [scosso]
   Perché, non è vero quello che c'è scritto?

VENUTI [tagliente]
   Che volete, insegnarlo a me?

SALVO
   No, Stefano, non vogliamo insegnarlo a te. Però siamo stufi di aspettare! Bisogna fare qualcosa!

VENUTI
   Sì, bisogna fare qualcosa. Ma non queste sparate

47

velleitarie! La gente avrà perfino paura di comprarlo un giornale così! Lo sapete quanti voti prendiamo qui a Cinisi? Poche decine. E con poche decine di voti credete che possiamo fare la voce grossa?!

PEPPINO
Diventeranno anche meno se stiamo zitti!

Venuti si alza in piedi, prende il giornale, lo piega...

VENUTI [porgendo il giornale]
Ne riparliamo quando sarete più ragionevoli...

I due ragazzi restano un attimo indecisi. Poi, dopo aver ripreso il giornale si dirigono verso l'uscita. Peppino si volta:

PEPPINO
Stefano, ma perché questa sezione è vuota? Ti sei chiesto perché i giovani non ci vengono più?

Stefano alza gli occhi...

PEPPINO [parodiando]
E questo "non si può fare" e quello "è avventurismo" e "le masse non sono pronte"... qui un compagno impara solo a deprimersi, a sentirsi uno sconfitto a vita!

VENUTI
E statti zitto che dici solo fesserie!

È toccato da quelle parole, anche se non vuole ammetterlo...

PEPPINO
L'obbedienza, la disciplina... "hanno deciso così a Palermo"... "hanno deciso così a Roma"... E noi quando decidiamo?

VENUTI [amaro]
Vi ci romperete le corna...

Cala il gelo.

SALVO
Ammuninni Peppino.

Lo prende sottobraccio avviandolo verso l'uscita. Peppino si volta, non ancora rassegnato:

PEPPINO
Quella poesia di Majakovskij, Stefano, la tua preferita... *Non rinchiuderti Partito nelle tue stanze, resta amico dei ragazzi di strada...*

Escono investiti dalla luce del pomeriggio.

SCENA 15
Cinisi – il Corso [esterno mattino]

L'edicola del paese.
All'esterno, sulla bacheca, sono attaccate le prime pagine dei quotidiani siciliani. Si riescono a leggere i titoli dell'"Ora" e del "Giornale di Sicilia" sugli scontri a Parigi fra studenti e polizia...

La madre di Peppino esita un istante prima di entrare nella bottega.

SCENA 16
Cinisi – edicola [interno mattino]

Dentro, fra pile di riviste e cataste di vecchi quoti-diani c'è appena lo spazio per muoversi. L'edicolante è un ometto minuscolo, quasi nascosto dai giornali.
Da un lampo dello sguardo si capisce che ha rico-nosciuto subito la donna.

FELICIA
Ce l'ha quel giornale?

Esita. Forse non ricorda nemmeno il nome della ri-vista.

EDICOLANTE
Sta cercando questo, signora?

Ha tirato fuori una copia del giornale di Peppino. Lo porge alla donna leggendone il nome un po' teatralmente:

EDICOLANTE
..."L'Idea Socialista"...

Felicia prende il giornale in silenzio, lo poggia sul bancone mettendo bene in evidenza la prima pagina col titolone incriminato. Immobile, guarda in faccia l'edi-colante. Non c'è bisogno di altro. L'uomo si china sot-to il bancone e tira fuori tutte le altre copie. Lentamen-te le conta fra sé e sé...

EDICOLANTE
...otto, nove, dieci... Fanno duemila lire...

La donna paga, si mette i giornali sotto il braccio ed esce senza dire una parola.

SCENA 17
Cinisi – il Corso [esterno mattino]

Felicia cammina lungo il Corso del paese. Esile e ne-ra, con un pesante e inconsueto malloppo di giornali sotto il braccio.

All'ingresso di un bar, tre uomini – bicchierino del fernet in mano, giacche stazzonate, cravatta scura – la seguono con sguardo divertito e incuriosito insieme.

Felicia avanza impassibile. Si sente solo il calpestio dei suoi tacchi sul selciato.

SCENA 18
Cinisi – tipografia [interno giorno]

Una tipografia di paese. Vecchie linotype nere alli-neate lungo una parete, un torchio a mano, il bancone per l'impaginazione a piombo al centro del locale.
Il tipografo è imbozzolato dentro un grembiule ne-ro. Di fronte a lui, la madre di Peppino.

FELICIA
L'avete stampato voi questo giornale?

Il tipografo prende il giornale, se lo gira fra le mani. Ammette perplesso...

FELICIA
La prossima volta che i ragazzi tornano, gli dite che il giornale non glielo potete stampare più! Che ve l'ha proibito la Questura, oppure che ci voglio-no molti soldi...

Il tipografo fissa la madre di Peppino senza rispondere, con un velo di imbarazzo.

FELICIA [a bassa voce]
Non dovete farli nemmeno entrare.

SCENA 19
Casa Impastato [interno giorno]

Peppino è a tavola con la madre e il fratello. Stanno guardando la televisione. Un aspro bianco e nero scolpisce le crude immagini del telegiornale: a Roma studenti e poliziotti si affrontano a Valle Giulia...

SPEAKER TV
...Duri scontri sono avvenuti stamani fra reparti di polizia e gruppi di studenti che cercavano di entrare con la forza nella facoltà di architettura a Valle Giulia. Le forze dell'ordine sono state attaccate dai manifestanti con pietre e bombe molotov. Come potete vedere dalle immagini, sono state incendiate alcune camionette della polizia...

Improvvisamente irrompe...

...Luigi Impastato, agitando "L'Idea Socialista". Punta dritto verso Peppino sventolandogli in faccia il giornale:

LUIGI
Che minchia mi rappresenta questa?!

Peppino ostenta tranquillità:

PEPPINO
...Un giornale...

LUIGI [furioso]
Ah sì, un giornale! E la firma?! Giuseppe Impastato! [lo afferra per il collo] Quello stronzo di Venuti non ce le ha le palle per firmarselo da solo questo giornale?

PEPPINO [calmo]
Stefano Venuti non c'entra. È stata mia l'idea.

LUIGI
Bravo, pure l'idea ti è venuta... E come c'è scritto?
La mafia è una montagna di merda! E adesso io
come ce la metto la faccia fuori dalla porta?

*Allenta la presa, si stacca. Ora è come se l'adrenali-
na lo avesse improvvisamente scaricato. Si abbandona
sulla sedia. Felicia cerca di calmarlo:*

FELICIA
Li ho comprati tutti io, non li ha visti nessuno...

LUIGI [scattando verso di lei]
Ma che minchia dici?

*Sta per colpirla. Sia Peppino sia Giovanni lo intercet-
tano. Luigi si libera dei figli con uno spintone. La furia lo
prende così: a ondate che, dopo ogni esplosione, lo afflo-
sciano senza più forze. Ora sembra quasi piagnucolare:*

LUIGI
Ma io dico, buttana di Caino, perché non finisci di
studiare? Te ne vuoi andare da questo cesso di pae-

se? Te lo cerco io un posto, pure a Palermo… basta che ti togli dalla testa tutte queste minchiate della *mafia*…

PEPPINO

Certo! Appena si parla di mafia, tutti sull'attenti…

LUIGI

Cosa? Chi?

Ora è Peppino a contrattaccare. Alzando la voce:

PEPPINO

Tu e gli amici tuoi… vi credete i padreterni di Cinisi! Poi, vi nominano Tano *Battagghi* e ve la fate di sopra!

LUIGI

Muto! Non lo chiamare acussì!

PEPPINO

Perché, te lo sei scordato come li chiamavano una volta i Badalamenti? *Battagghi*, come le campane delle vacche!

LUIGI

Muto, disgraziato!

PEPPINO

Facevano i pecorai, no? I porci, le mucche, le vitelle da scannare fresche fresche… [caricaturale] Vasamu li mani, don Tano, a quanto la passate oggi la carne? Ce l'avete carne di comunista? A lei signor Impastato ci misi da parte una cosa molto speciale: suo figlio Peppino! Come glielo devo servire? A polpette? A salsiccia?

Nello strillo di Luigi c'è quasi una sfumatura di disperazione:

LUIGI
Vastaso... sciagurato... che minchia dici? Non lo capisci che se continui così quelli ti ammazzano?

PEPPINO
E se quelli mi ammazzano, tu che cosa fai?

Esce sbattendo la porta.

SCENA 20
Cinisi – il Corso [esterno notte]

Peppino è seduto sul gradino di casa. Solo.
Giovanni lo vede dalla finestra, esce fuori. Gli afferra dolcemente un braccio, cerca di farlo rialzare. Peppino non si muove. Giovanni prova un'altra volta inutilmente, poi si siede accanto a lui.

GIOVANNI [quasi supplicante]
Ora però torni dentro, va bene?

Peppino resta in silenzio.

GIOVANNI
Dai Peppino, lo sai com'è papà...

PEPPINO [duro]
No. Com'è papà?

GIOVANNI
Un po' antico...

Peppino continua a tacere...

GIOVANNI
...ma non è cattivo!

Peppino si volta di scatto verso il fratello, lo sguardo segnato dalla rabbia:

PEPPINO
Hai studiato, sai contare?

Giovanni annuisce sorpreso. Peppino si alza in piedi.

PEPPINO
E contare e camminare insieme lo sai fare?

GIOVANNI
Come *conta*?

Lo afferra per un braccio e lo trascina in mezzo alla strada contando ad alta voce:

PEPPINO
Conta e cammina! Uno, due, tre...

GIOVANNI
...uno, due, tre...

PEPPINO [sulla voce]
...quattro, cinque...

GIOVANNI
...sei, sette, otto, nove, dieci...

PEPPINO
...undici, dodici, tredici...

GIOVANNI
Ma dove stiamo andando?

Continua a trascinarlo per il Corso contando i passi a squarciagola.

TAGLIO INTERNO

PEPPINO
...novantotto, novantanove e cento.

Si sono fermati davanti a un portone chiuso. Peppino alza lo sguardo sul balcone del primo piano. Le persiane sono sbarrate. È la casa di Tano Badalamenti.

PEPPINO
Lo sai chi ci abita qui, no?

Giovanni s'è fermato di colpo, intimorito. Prende per un braccio il fratello e cerca di portarselo via.

GIOVANNI
Ammuninni, Peppino...

PEPPINO
...zù Tano ci abita!

GIOVANNI
Parla piano, Peppino. Andiamo, dai!

Ma Peppino sembra inarrestabile:

PEPPINO
Cento passi ci vogliono da casa nostra, cento passi. Vivi nella stessa strada, prendi il caffè nello stesso bar... alla fine ti sembrano come te: salutiamo

zù Tano! Salutiamo Giovanni, salutiamo Peppino! E invece sono loro i padroni di Cinisi. E mio padre Luigi Impastato gli lecca il culo come tutti gli altri! Non è *antico*, Giovanni. È solo un mafioso. Uno dei tanti!

GIOVANNI
È nostro padre…

PEPPINO
Mio padre… la *mia* famiglia… il *mio* paese… io voglio fottermene! Io voglio scrivere che la mafia è una montagna di merda, io voglio urlare che mio padre è un leccaculo! Noi ci dobbiamo ribellare! Prima di abituarci alle loro facce, prima di non accorgerci più di niente!

SCENA 21
Circolo "Musica e cultura" [interno notte]

Immagini in bianco e nero proiettate su un telone: una sequenza tratta da Le mani sulla città *di Francesco Rosi. Nella sala di un circolo ricreativo…*

…Peppino e Giovanni si confondono insieme a una quindicina di ragazzi. Peppino prende appunti, diligente. L'atmosfera è quella volonterosa un po' macilenta del cineclub di paese…

Ora stanno scorrendo i titoli di coda; la pellicola reca i segni di molti passaggi, rovinata, mossa, fuori fuoco. Si riaccendono le luci e Peppino scatta subito in piedi:

PEPPINO
Bene, direi di aprire la discussione sul film che

abbiamo appena visto. Come sapete lo ha realizzato Francesco Rosi per mostrare lo scempio avvenuto a Napoli e le responsabilità di una amministrazione che...

Qualcuno ha infilato una cassetta nel mangianastri. Per qualche istante la musica scuote la sala suscitando ilarità. Peppino s'interrompe, anche la musica cessa.

PEPPINO
Compagni, cerchiamo di restare seri... abbiamo tutta la serata per ballare. Stavo dicendo che il film *Le mani sulla città* è uno di quegli esempi di cinema civile che...

Parte ancora la musichetta del mangianastri. È Vito che si diverte a provocare. Peppino si interrompe di nuovo, la musica si ferma. Peppino si schiarisce la voce:

PEPPINO
Compagni e compagne del circolo "Musica e cultura"...

VITO
Appunto. Musica e cultura. Prima la musica e dopo la cultura!

Riparte un'altra volta la musica. Questa volta Peppino accenna a un passo di danza. Quando la musica si ferma:

PEPPINO
Compagni e compagne del circolo "Musica e Cultura": ci avete scassato il discorso! Andiamo a ballare il rock'n roll!

La musica riparte in un frastuono di risate, di sedie smosse, di gente che si alza e si scatena a ballare. Peppino sembra il più invasato di tutti. Giovanni è in un angolo, un po' teso. Guarda Peppino e accenna a un gesto per richiamare la sua attenzione. Poi, come se avesse preso una decisione importante, fende la folla danzante e si avvicina deciso al fratello:

GIOVANNI
Ti devo parlare…

PEPPINO [gridando]
Come?

GIOVANNI [gridando anche lui]
Devo dirti una cosa!

PEPPINO
A casa parliamo, adesso balla!

Si scatena ancora di più cercando di coinvolgere il fratello. Ma Giovanni lo prende deciso per un braccio e se lo trascina fuori dalla mischia:

GIOVANNI
È una cosa importante!

PEPPINO
Avete rotto la pellicola?

GIOVANNI
No, e che c'entra la pellicola!

PEPPINO
Mi vuoi fare preoccupare?

GIOVANNI
   Voglio farti conoscere una persona...

TAGLIO INTERNO

   Escono fuori al buio. All'improvviso vediamo che c'è una ragazza, bruna e minuta. Giovanni, finalmente rilassato, le si avvicina:

GIOVANNI
   Lei è Felicia.

   Peppino la guarda senza capire. Giovanni si avvicina alla ragazza e le cinge la vita col braccio. Peppino la guarda in silenzio mentre Giovanni completa le presentazioni:

GIOVANNI
   Felicia, lui è mio fratello Giuseppe.

   Peppino finalmente ha capito. Fa un inchino galante e bacia la mano di Felicetta. Poi alza il capo e scambia col fratello un sorriso d'intesa. Improvvisamente:

PEPPINO
   Come hai detto che ti chiami?

FELICETTA
   Felicia... Felicetta.

PEPPINO [incredulo]
   Felicia?! Come mamma!

SCENA 22
Montagna [esterno giorno]

Uno sterminato paesaggio appare dalla cima della montagna che sovrasta Cinisi. A sinistra il golfo di Terrasini e più lontano Balestrate, a destra l'Isola delle Femmine e Palermo, avvolta nei fumi...

Peppino e Salvo se ne stanno sdraiati in terra dopo la lunga ascensione. Guardano in basso...

...un aereo che sta scendendo lentamente di quota. Lo seguono con lo sguardo fino a quando non atterra sulla pista di Punta Raisi...

PEPPINO
Sai cosa penso?

SALVO
Cosa?

PEPPINO
Che questa pista in fondo non è brutta. Anzi...

SALVO [ride]
Ma che dici?!

PEPPINO
Vista così, dall'alto... [guardandosi intorno] uno sale qua e potrebbe anche pensare che la natura vince sempre... che è ancora più forte dell'uomo. Invece non è così... in fondo le cose, anche le peggiori, una volta fatte... poi trovano una logica, una giustificazione per il solo fatto di esistere! Fanno 'ste case schifose, con le finestre di alluminio, i balconcini... mi segui?

SALVO
Ti sto seguendo!

PEPPINO
...Senza intonaco, i muri di mattoni vivi... la gente ci va ad abitare, ci mette le tendine, i gerani, la biancheria appesa, la televisione... e dopo un po' tutto fa parte del paesaggio, c'è, *esiste*... nessuno si ricorda più di com'era prima. Non ci vuole niente a distruggerla la bellezza...

SALVO
E allora?

PEPPINO
E allora forse più che la politica, la lotta di classe, la coscienza e tutte 'ste fesserie... bisognerebbe ricordare alla gente cos'è la bellezza. Insegnargli a riconoscerla. A difenderla. Capisci?

SALVO [perplesso]
La bellezza...

PEPPINO
Sì, la bellezza. È importante la bellezza. Da quella scende giù tutto il resto.

SALVO
Oh, ti sei innamorato anche tu come tuo fratello? Che c'è, un'epidemia in famiglia?

PEPPINO [ride]
Secondo te è una cosa giusta questa? Voglio dire: si mettono insieme così giovani... si innamorano, fanno capanna... ancora non sanno niente di quanto grande è il mondo... non so...

SALVO
Ma Peppino, che discorsi fai? Sembri mia nonna!

PEPPINO
Ma no, mi piace. Per Giovanni sembra tutto facile... Conosce questa ragazza, la presenta agli altri del gruppo, la fa conoscere a mia madre... perfino mio padre ha un debole per lei...

SALVO
E allora? Mi sembra normale.

PEPPINO
Sì, ecco, è normale. Io la invidio questa normalità. Io non ci riuscirei a essere così.

SALVO [lo provoca]
Appena incontri quella giusta, vedrai che ci riesci anche tu.

PEPPINO
Non lo so. Non credo.

Tace. Un altro aereo inizia le sue evoluzioni per atterrare.

SCENA 23
Cinisi – la piazza [esterno giorno]

È partita una musica strana, un fiato di ottoni allegro e primitivo, come una vecchia ballata da cantastorie siciliano. È il solito gruppo: Peppino, Salvo, Giovanni e Felicetta, Vito, Faro, più qualche altro volonteroso. Strimpellano alla meglio vecchi strumenti raffazzonati:

*due flauti, una trombetta, chitarra, mandolino e tam-
buro. Sembra la parodia della banda municipale...*

*Peppino è in piedi, davanti a un pannello di com-
pensato sul quale sono incollate foto in bianco e nero
e ritagli di giornali. In mano ha un bastone da pas-
seggio. Attorno a lui: un paio di pensionati e qualche
bambino; tutti gli altri si tengono alla larga...*

PEPPINO [in falsetto come un cantastorie]
    ...Gentili signori e signorine belle, cominciamo con
    una domandina facile facile... Qual è la distanza
    più breve tra due punti?

GIOVANNI
    Una retta?

PEPPINO
    Una retta! A Stoccolma, a Milano, forse pure per
    quanto a Siracusa! A Cinisi invece...

*Punta il bastone contro una fotografia. È un'imma-
gine presa dall'alto. Un complicato tornante a esse sul-
l'autostrada per Mazara. Assolutamente inutile, visto
che l'autostrada corre perfettamente in pianura...*

PEPPINO
    ...la distanza più breve fra due punti sono... tre
    curve! [indicandole col bastone] Una, due e tre! Le
    signorie vostre lo sanno come successe questo mi-
    racolo della geometria?

Lo scarso pubblico tace.

VITO [in falsetto]
    Io dico che lo sanno!

PEPPINO
Tu sempre malizioso sei...

Volge lo sguardo a uno dei balconi del Municipio. Il Sindaco vi si sporge inferocito. Un gruppo di impiegati si è affacciato alla finestra, ridacchiando. Il Sindaco sbraita di ritornare al lavoro...

PEPPINO [sguaiato]
...E invece al signor Sindaco, mischino, quest'autostrada che si intorcinìa gli pareva più graziosa. Lo fece perché i poveri automobilisti si divertissero, non gli prendesse il colpo di sonno... Non è vero signor Sindaco?

Sulla finestra precipita una tenda.
Peppino si rivolge di nuovo alla piazza, il tono si è fatto duro, adesso. Indica sulla foto il terreno rinchiuso nell'ansa della curva:

PEPPINO
Il fatto è che questo pezzo di giardino appartiene a certi amici! Amici degli amici... amici degli amici degli amici degli amici...

Indica un'altra foto appesa al pannello. Si tratta di un gruppo di uomini vestiti di scuro, sorridenti, compiaciuti. Aria compatta e solidale di chi non teme sfide né censure: il Potere nella sua versione festosa.
Peppino comincia a indicarli a uno a uno:

PEPPINO
Questo qui per esempio è l'onorevole Pantofo, omo di panza e di presenza... Quest'altro è don Cesare Manzella buon'anima che fece un gran botto con la sua Giulietta... questo è mio padre Luigi Impa-

stato, questo qui invece è Saro Badalamenti, parente di quest'altro... Tano, [la voce si fa lenta, solenne] governatore eccellentissimo della colonia di Cinisi...

Dal fondo della piazza arriva a tutto gas la Campagnola dei carabinieri. Ne scende il Maresciallo. Si avvicina a Peppino, furioso...

MARESCIALLO [a bassa voce]
Impastato! Adesso sgombrate tutto...

PEPPINO [petulante]
Noi non sgombriamo niente. La nostra costituzione sancisce la libertà di parola...

MARESCIALLO
Fammi vedere il permesso di occupazione del suolo pubblico!

PEPPINO
Questa è riappropriazione di suolo pubblico...

MARESCIALLO [sibilando]
Ma che mi vuoi dimostrare? Pensi che solo a te fumano i coglioni? [di nuovo ad alta voce, isterico] La manifestazione è sciolta. Tutti a casa!

SCENA 24
Magazzino [interno giorno]

I locali di un grande magazzino pieno di cianfrusaglie: vecchi mobili, arnesi di modernariato, residui di aste militari. Un'accozzaglia di oggetti polverosi in mez-

*zo ai quali rovistano Peppino, Vito, Giovanni Impasta-
to e Andrea. Il venditore (Barbablù) è un tipo bizzarro:
barba da profeta, aria vagamente levantina...*

*Peppino e gli altri estraggono dal mucchio un am-
plificatore da quaranta, un piatto, un paio di scatole di
cartone piene di dischi in vinile, un mixer, qualche microfono. Roba vecchia e malandata. Vito, smanettando
le manopole dell'amplificatore:*

VITO
Ehi, Barbablù... siamo sicuri che funziona?

BARBABLÙ
Funziona, funziona... Ci hanno trasmesso fino a
l'altro ieri.

ANDREA
Sembra roba della guerra!

BARBABLÙ
Che vuol dire? È materiale di prima qualità.

VITO
E la piastra?

BARBABLÙ
Una Technics M51! Pezzo unico e raro... c'è da com-
prarci solo la testina...

PEPPINO [tirando fuori i dischi dallo scatolone]
New Trolls, Nomadi, l'Equipe '84... Ma che tra-
smettevano: *Canzonissima*?

BARBABLÙ
Sono i dischi vecchi. Quelli nuovi se li sono ripresi i
ragazzi... Ma voi che ci dovete fare con queste cose?

PEPPINO

Una radio, no?

GIOVANNI

Palermo e provincia...

VITO

Sì, e magari anche Isole Eolie! Ma dove vuoi arrivare con questi ferri?

BARBABLÙ

E che ci vuole?! Oggi basta un registratore e un'antennina per farci la radio. Ce ne saranno mille in tutta Italia!

PEPPINO
A me basta che ci sentono a Cinisi.

BARBABLÙ [ride]
Sì, quando c'è vento...

PEPPINO

Quando c'è vento, quando c'è sole... Quando non ci danno il permesso di fare un comizio, quando ci chiudono il circolo, quando ci sequestrano il materiale... L'aria non ce la possono sequestrare!

Salgono le note di House of the Rising Sun *cantata da The Animals...*

SCENA 25
Strada [esterno giorno]

Peppino e Andrea si reggono in precario equilibrio sul cassone di uno sgangherato furgoncino Ape che pro-

cede in una nuvola di fumo bianco. Tenuti insieme da corde ed elastici, attrezzature radio e qualche mobile di recupero: una vecchia poltrona, lampade e tavolini. In cabina Giovannino e Vito cantano a squarciagola sulla voce degli Animals mentre Peppino e Andrea mimano una danza sfrenata...

SCENA 26
Strada di Radio Aut [esterno giorno]

La vecchia Ape ora è scarica. È posteggiata davanti a una casa piuttosto misera: portoncino di legno scrostato, finestrella con la grata di ferro. Più che un'abitazione sembra un pollaio sulla cui facciata due ragazzi stanno issando una rudimentale insegna con sopra scritto RADIO AUT...

SCENA 27
Radio Aut [interno giorno]

L'interno della sede. Tutti i ragazzi sono impegnati a ripulirla: chi pitta le pareti, chi gratta con l'acido le vecchie piastrelle del pavimento. Qualcuno aggiusta l'impianto elettrico, qualcun altro predispone i collegamenti radio. Sensazione di felice e operosa precarietà. Oltre ai soliti, si sono aggiunti altri giovani...

SCENA 28
Cinisi – una villetta [esterno notte]

Ora c'è solo il frinire acido delle cicale.
Peppino e Vito davanti al cancello di una villetta, al-

la periferia del paese. Un muro di cinta piuttosto alto, interrotto da un cancello sul quale è attaccato il cartello: CAVE CANEM. *I due ragazzi scivolano lungo il muro con passi prudenti, si avvicinano al cancello, sbirciano dentro. Il dialogo è uno scambio serrato di sussurri:*

PEPPINO
Muto!

VITO
Tu dici che arriva?

PEPPINO
Arriva, arriva...

Dall'altra parte del cancello s'avvicina il cane da guardia dei padroni di casa. Comincia subito ad abbaiare.

VITO
Minchia che casino!

PEPPINO
E tu sbrigati!

Vito si mette ad armeggiare col fagotto che porta a tracolla. È un vecchio registratore col microfono a gelato, legato a un lungo filo ingarbugliato. Vito lo appoggia fra le sbarre del cancello. Il cane cerca subito di azzannarlo.

VITO
Questo cornuto!

PEPPINO
Come il padrone... Sta registrando quel coso?

VITO
Sssst!

Restano per una decina di secondi accovacciati accanto al cancello a registrare i latrati furiosi del cane. Fino a quando si sente aprire con violenza una porta:

VOCE [fuori campo]
Mazinga?! Che fu?

Peppino e Vito si allontanano di corsa soffocando una risata...

SCENA 29
Radio Aut [interno giorno]

Peppino è davanti al microfono nello studio di registrazione. Di fronte a lui, Vito. Tutti e due con la cuffia in testa. Fuori campo per qualche secondo si sente il latrato del cane: la radio lo sta mandando in onda.

PEPPINO [strafottente e giulivo]
Eh sì, sì... si tratta proprio del cane del nostro signor Sindaco. Siamo andati a registrarlo dal vivo per chiedere notizie del suo ladrone...

VITO
Ladrone?

PEPPINO
Padrone! Volevo dire: padrone, chiedo scusa, mi scappò un *lapis*... Lei signor cane del signor Sindaco, che ci può dire al riguardo?

Ricomincia l'abbaiare del cane.

PEPPINO
Abbiamo qui con noi il traduttore simultaneo dal canese professor Uru Turu 'u Biscotto l'aio duro... Ci può tradurre lei professore?

VITO
Il signor cane del signor Sindaco ci dice di farci li cazzi nostri...

PEPPINO
Al Maficipio invece i cazzi nostri se li fanno...

VITO [fingendo stupore]
Vorrà dire Municipio...

PEPPINO
Appunto, il Maficipio di Mafiopoli! Ma ascoltiamo l'inno nazionale di Mafiopoli...

Vito manovra un cursore e lo studiolo si riempie della voce di Modugno che canta Nel blu dipinto di blu...

PEPPINO
All'ordine del giorno ci sarebbe l'approvazione di un palazzetto abusivo dirimpetto all'aeroporto.

VITO
Complimenti vivissimi, signor Sindaco! E quanto sarà alto questo palazzo?

PEPPINO [in tono greve, fortemente dialettale]
Quattro piani, cinque... che ne saccio?

VITO

E gli aerei da dove passeranno?

PEPPINO

Che minchia me ne fotte? Cambiassero rotta, oppure ci costruiamo un bello tunnel!

SCENA 30

Cinisi – pizzeria Impastato [interno giorno]

Primo pomeriggio, Giovanni sta finendo di sparecchiare.
Luigi Impastato è seduto alla cassa facendo i conti. Un rumore di passi gli fa alzare lo sguardo: è suo cugino Paolo Schillirò.

LUIGI

Paolino, che fu?

SCHILLIRÒ

Tano voleva prendersi un caffè con te.

LUIGI

Qui?!

Resta per un attimo con la biro a mezz'aria, un interrogativo negli occhi...

SCHILLIRÒ

No. A casa sua. Adesso...

SCENA 31
Casa di Tano [interno giorno]

Uno scantinato. Attorno a un tavolaccio imbandito alla meglio, Tano è seduto insieme al Sindaco e ad altri uomini. Schillirò se ne sta in disparte. Il Sindaco è molto invecchiato dai tempi di Manzella. Tano invece sembra sempre uguale. Sbuccia una mela con strana solennità. Luigi è in piedi di fronte a lui, in attesa di un invito a sedersi che non arriva. Tano...

...continua a sbucciare la sua mela. Poi la posa nel piatto, guarda l'orologio. Allunga la mano verso una radio appoggiata sul carrello. L'accende:

VITO [fuori campo dalla radio]
Guarda guarda chi c'è in piazza davanti al Maficipio!

PEPPINO [fuori campo, fingendo stupore]
Il grande capo Tano Seduto!

VITO [fuori campo dalla radio]
Pure lui c'ha il suo progetto?

PEPPINO [fuori campo dalla radio]
Si capisce! Un porto turistico, un villaggio con i bungalow, una cosa per palati fini, mignotte di lusso, amici che vengono fino dall'America!

Tano ascolta la trasmissione riprendendo a mangiare la mela a piccoli bocconi. Sembra partecipare alle battute di Peppino; ogni tanto ammicca e, a tratti, si concede un sorriso. Il Sindaco tiene gli occhi bassi, gli altri è come se non esistessero; ombre nere contro l'intonaco sporco della cantina.

Luigi è intirizzito. In piedi, immobile, non sa se assecondare Tano nei suoi umori o mantenersi contrito. Storce la bocca in un mezzo sorriso, senza riuscire a dissimulare il proprio disagio...

VITO [fuori campo dalla radio]
E dove lo vogliono costruire?

PEPPINO [fuori campo dalla radio]
A mare, sulle terre dei contadini. Coi soldi della Cassa per la Mezzanotte. Sei miliardi...

VITO [fuori campo dalla radio]
'Sti cornuti, sei miliardi!

PEPPINO [fuori campo dalla radio]
Sei miliardi, parola di Tano Seduto, il grande capo di Mafiopoli, augh!

VITO [fuori campo dalla radio]
Perché a Cinisi non si muove foglia che don Tano non voglia!

PEPPINO [fuori campo dalla radio]
Parola di Tano Seduto, il grande capo di Mafiopoli, augh!

Tano spegne la radio con un gesto secco. Guarda Luigi. Non sorride più.

SCENA 32
Cinisi – casa Impastato [interno giorno]

Luigi piomba in casa infuriato. Va in camera di Pep-

pino e lo afferra per la camicia e per i capelli. Comincia a trascinarlo, talmente stravolto dalla rabbia che le parole sono solo un gorgoglio di collera in fondo alla gola. Felicia, Giovanni e Felicetta scattano cercando di strapparglielo dalle mani...

FELICIA
Gesù, Luigi...

GIOVANNI
Papà, che fu?

LUIGI
Lasciami, non t'immischiare...

FELICIA
Lascialo, lascialo!

In un primo momento Peppino resiste, cerca di non farsi travolgere. Si aggrappa al letto, alle sedie, sembra più stupito che spaventato. Ma Luigi è fuori di sé, continua a trascinarlo verso la porta mentre Peppino scalcia nel vuoto, il respiro mozzo, ammutolito...

GIOVANNI
Papà, per favore...

FELICIA
Lo stai ammazzando!

LUIGI
Sì che l'ammazzo! Gli sparo io! Me la tolgo io questa soddisfazione!

Quelle parole sono come una fucilata in piena fac-

*cia. Peppino comincia a difendersi, ora: si aggrappa al-
le braccia del padre, gli si avvinghia addosso. Rotolano
per terra cercando di picchiarsi, goffi e stupiti per quello che sta accadendo, incapaci di articolare parole. Solo mugolii di collera che diventano sempre più deboli,
un lamento che alla fine si scioglie in lacrime...*

LUIGI
...A catechismo, quand'eri nicu, qual era il coman-
damento che t'insegnavano? Onora il padre... E tu
l'onori il padre? Tu l'onori a tuo padre?

*...Peppino si divincola, volta il capo, inorridito dal-
la violenza e dall'intimità. Si sente che è sul punto di
scoppiare. Luigi continua, ossessivo. La sua adesso è
una preghiera:*

LUIGI
Onora il padre... Dillo che l'onori il padre, che ci
vuole a dirlo? Onora il padre, onora il padre, onora il padre...

*E finalmente Peppino urla, scatta come un ossesso,
lo aggredisce rivoltandolo a terra. Ora è montato lui sopra suo padre e lo colpirebbe a sangue se Giovanni, la
madre e Felicetta non corressero a separarli...*

SCENA 33
Strada del garage [esterno giorno]

*Una delle strade che corrono parallele al Corso. Ca-
se bianche, uguali, incollate una all'altra. Felicia cammina svelta, lo sguardo fisso a terra. Regge con due mani una valigia gonfia e pesante.
Si avvicina alla porta di un garage. La apre...*

SCENA 34
Garage [interno giorno]

Un raggio di luce illumina il garage. S'intravede in un angolo una Fiat 850. Nell'altro alcune cassette piene di libri e una branda in cui sta sonnecchiando Peppino.
Felicia chiude la saracinesca alle sue spalle. Peppino si alza a sedere:

FELICIA
Ti svegliai?

PEPPINO
Non dormivo.

Peppino avvolge alla meglio il lenzuolo per coprire il suo corpo magro. Si alza, aiuta la madre a caricare la valigia sul letto. C'è qualcosa di strano in questa scena: il giovane ragazzo seminudo e la donna nell'oscurità di un garage trasformato in alcova. Sembra più l'incontro clandestino di due amanti che quello di una madre che porta rifornimenti al figlio...

FELICIA
Ti portai un po' di roba pulita... i libri che mi hai chiesto... madonna mia quanto pesano!

Peppino sorride, apre la valigia. Mischiati ai vestiti ci sono i suoi libri prediletti. Peppino ne prende uno. Le poesie di Pier Paolo Pasolini. Declama stentoreo:

PEPPINO [legge]
Non è di maggio questa impura aria
che il buio giardino straniero
fa ancora più buio...

FELICIA
    Zitto che ti sentono tutti!!!

PEPPINO
    Te ne dico un'altra allora... più piano...

*Va sicuro a una pagina. Guarda con intenzione la
madre, poi:*

PEPPINO [legge]
    È difficile dire con parole di figlio
    ciò a cui nel cuore ben poco assomiglio.
    Tu sei la sola al mondo che sa, del mio cuore,
    ciò che è stato sempre, prima d'ogni altro amore...

Si ferma. Felicia lo guarda commossa:

FELICIA
    Che sono belle queste parole...

*Peppino le strizza un occhio come a buttar tutto in
ridere.*

PEPPINO
    Puoi dirle anche tu!

FELICIA
    Ma che dici...

PEPPINO
    Avanti, prova... leggi!

*Le porge il libro. La donna rifiuta, ma si capisce che
è tentata. Peppino insiste:*

PEPPINO
    Dai! Prova!

FELICIA [legge]
    ...Per questo devo dirti ciò ch'è orrendo conoscere:
    è dentro la tua grazia che nasce la mia angoscia.
    Sei insostituibile. Per questo è dannata
    alla solitudine la vita che mi hai data.
    E non voglio esser solo. Ho un'infinita fame
    d'amore, dell'amore di corpi senza anima.
    Perché l'anima è in te, sei tu, ma tu
    sei mia madre e il tuo amore è la mia schiavitù...

    *Si ferma, turbata. Si volta verso il figlio. Peppino la
    guarda senza una parola...*

SCENA 35
Cinisi – il Corso e la piazza [esterno giorno]

    *Fa molto caldo. In piazza, i passanti fanno capan-
    nello riparandosi all'ombra delle palme e dei tendalini
    dei negozi. Una radiolina diffonde la canzonetta del mo-
    mento. Sul finire del Corso, quasi affacciati sulla piaz-
    za principale, si fronteggiano...*

    *...le clientele di due bar molto diversi. Quello dei no-
    tabili e quello dei giovani, fra i quali Peppino. Antropo-
    logie opposte, separate da secoli e da reciproca ostenta-
    ta indifferenza. I notabili nei loro vestiti neri, le camicie
    bianche, i capelli impomatati, i baffetti e gli occhiali scu-
    ri. I ragazzi...*

    *...nella loro consunta uniforme: camicie e jeans attil-
    lati (o a zampa d'elefante), i lunghi capelli, le incolte barbe*

caprine. Su entrambi i gruppi grava lo sfinimento della siesta, la noia abbagliante del meriggio. Improvvisamente...

...qualcosa attira la loro attenzione. Dal fondo del Corso sta avanzando una vecchia sgangherata Land Rover. A bordo tre ragazze ventenni, belle come apparizioni di un altro pianeta: capelli al vento, bandane, pantaloncini corti, camiciole indiane. Immediatamente...

...i notabili ringalluzziscono sulle loro sedie. Si mettono in posa elegante, sorseggiano il loro caffè a mignolo alzato. Qualcuno ravvia i capelli con un pettinino, qualcun altro lancia cupe occhiate da fecondatore...

Anche i ragazzi reagiscono con la stessa virile inquietudine. Si irrigidiscono, si atteggiano cercando di assumere un'aria seducente. Solo Peppino ostenta molle e scontrosa immobilità: resta afflosciato sulla sedia senza nemmeno guardare...

La Land Rover avanza come al rallentatore...

VOCI DEI RAGAZZI
   – Miii...
   – Devono essere quelle di Villa Fassini...
   – Inglesi... la macchina ha la targa inglese...
   – Quella che guida mi ha taliàto...

La Land Rover gira intorno alla piazza, poi riprende il Corso in discesa, seguita dagli sguardi di tutto il paese. Vedendo il rapimento dei suoi amici:

PEPPINO [canzonatorio]
   Non l'avete mai vista una donna? Non lo sapete che sono fatte così?

SCENA 36
Radio Aut [interno giorno]

Peppino è in trasmissione, dietro il vetro. Si sento-
no le sue parole diffuse da un altoparlante...

PEPPINO [dalla radio]
...Da un po' di tempo anche fra i compagni del movimento, in perfetto stile californiano, cominciano
a circolare canne, spini, chilum, pipe, pipette e
quant'altro. Non mi va di fare il moralista, ma è il
caso di ricordare che su questa mercanzia è in atto un business colossale. Un business che non ar-
ricchisce chi coltiva la sua pianticella nell'orto della nonna, sia chiaro... ma i soliti amici degli amici, che vi hanno investito fior di capitali...

Qualcuno bussa alla porta. Vito va ad aprire. Si tro-
va di fronte:

THERESA
Hi... io sono Theresa...

È la dea che guidava la Land Rover. Una beatitudi-
ne ultraterrena le illumina il volto, bello come quello di
una santa. Si muove come in ralenti, parla con forte ac-
cento inglese. Immediatamente tutti le si fanno intor-
no: Vito, Salvo, Faro, Andrea...

THERESA
Chi di voi è Peppino Impastato?

I ragazzi si scambiano un'occhiata. Poi, tutti in-
sieme:

TUTTI
Io!!!

SCENA 37
Strada sulla costa [esterno giorno]

La Land Rover corre lungo la costiera. A bordo: Theresa e Peppino...

PEPPINO
I don't understoud... Who wants see me?

THERESA
I can't say. It's a surprise... È una sorpresa...

Dietro la Land Rover seguono l'Ape, una 500 scassata e tre o quattro motorini pieni di compagni incuriositi...

SCENA 38
Villa Fassini – parco [esterno giorno]

La vecchia Land Rover entra nel parco di una villa imponente. Percorre a passo d'uomo un lungo viale circondato di palme, si ferma davanti alla scalinata. Theresa e Peppino scendono. Arrivano anche gli altri, sempre più agitati...

Due ragazzi e tre ragazze stanno dipingendo la facciata con grandi volute psichedeliche. Si voltano a salutare con disarmanti sorrisi...

SCENA 39
Villa Fassini – corridoio e salone [interno giorno]

Theresa li precede attraverso i saloni della villa.

THERESA
Lui è di là, ti sta aspettando...

Indica in fondo al corridoio un grande salone pieno di luce dove...

...un gruppo di ragazzi accovacciati in terra suona con accanimento bonghi e percussioni. Sono tutti intenti a inseguire ognuno il suo ritmo, come in trance. Più che un concerto estemporaneo sembra un'antica cerimonia tribale. Uno di loro si stacca dal gruppo e...

...si fa incontro ai visitatori. Capelli lunghi, barba folta, un camicione indiano che arriva alle ginocchia. Si dirige verso Peppino e lo abbraccia con trasporto:

CARLO [abbracciandolo]
Peppino, Peppino, Peppino... non è stupendo incontrarsi? Io lo *sentivo* che le nostre strade erano destinate a incrociarsi...

PEPPINO
Davvero?

CARLO
Sì, io conosco benissimo il vostro lavoro. Radio Aut e tutto il resto...

PEPPINO
Mi fa piacere...

CARLO [rollando uno spino]

È già da un po' che volevo contattarvi... sai, trovo molto interessante la vostra esperienza. Molto più radicata sul territorio che, per dire, Radio Alice a Bologna o Onda Rossa a Roma... mi sembra che voi avete una marcia in più...

PEPPINO

Troppo buono...

CARLO [senza cogliere l'ironia]

...l'unico limite, forse, è che insistete molto su fatti locali... molta politica e poco movimento, scarsa attenzione ai *bisogni*... ma questi sono dettagli, la stoffa c'è.

Peppino si sforza di controllare l'irritazione che gli monta...

Carlo finisce di rollare lo spino. Lo offre a Peppino che rifiuta. Nel frattempo...

...i fricchettoni hanno ricominciato a battere sulle loro percussioni. Anche i ragazzi di Radio Aut si cimentano con bonghi e tabla. Peppino li vede con la coda dell'occhio...

CARLO

Peppino, lo sento. Faremo grandi cose insieme, tu e io!

PEPPINO

In che senso?

CARLO

Un'esperienza come quella di Radio Aut può essere molto aiutata dalla nostra Comune!

PEPPINO

Scusa, parla più forte. Non ti sento.

CARLO [urlando]

Dico che la nostra Comune potrebbe esservi molto utile!

PEPPINO

E come?

CARLO

Be', magari dandovi una mano a *sprovincializzar-
vi* un po'...

Peppino lo guarda interdetto.

SCENA 40
Radio Aut [interno giorno]

*L'impatto della Comune è già visibile. In redazione c'è
un clima diverso: meno "militante", più esuberante ed ec-
citato. Accanto alle solite facce, sono comparsi i ragazzi
e le ragazze della Comune. Aria metropolitana e fricchet-
tona, capelli lunghi, gilet di raso, cappellacci strani, cam-
panellini alle caviglie. Soprattutto le ragazze riscuotono
molto successo tra i compagni di Peppino. C'è più desi-
derio di piacere e di sedurre che di occuparsi di politica.*

*Solo Peppino dimostra una certa ostilità. È entrato
senza salutare nessuno e si è fiondato in sala di regi-*

strazione. Infilatosi le cuffie, è partito subito con la trasmissione:

PEPPINO
Benvenuti a Mafiopoli! Benvenuti in corso Luciano Liggio, così chiamato in omaggio al nostro magnifico dirigente e ispiratore ideologico. *Onda Pazza* oggi vi reciterà...

SCENA 41
Cinisi – un bar [interno giorno]

Al bancone di un bar, tre uomini col bicchierino di amaro in mano. Dietro di loro, il gestore manovra con la radio per alzarne il volume:

PEPPINO [fuori campo dalla radio]
...alcune mirabili terzine tratte dall'opera del Sommo: la Mafiosa Comoedia composta da Padre Dante in occasione della sua discesa all'Inferno di Cinisi. Ivi troveremo effigiate alcune nostre vecchie conoscenze, dannate in eterno per ciò che di turpe fecero in vita:
Così arrivammo al centro di Mafiopoli,
la turrita città piena di gente
che fa per profession l'ingannapopoli...

SCENA 42
Cinisi – negozio del barbiere [interno giorno]

Il barbiere e un paio di clienti ascoltano la radio. La voce di Peppino scandisce le terzine provocando ilarità:

PEPPINO [dalla radio]
    Scendemmo allora per un altro lato
    dov'eran color che nella bocca
    puzzano per i cul che han leccato...

SCENA 43
Casa Impastato [interno giorno]

Felicia Impastato è sola, seduta accanto alla radio accesa...

PEPPINO [dalla radio]
    ...e il mio Maestro: "Volgiti, che fai?
    Vedi il vicesindaco s'è desto,
    dalla cintola in su tutto il vedrai"...

SCENA 44
Cinisi – una strada [esterno giorno]

Seduto nella Giulia d'ordinanza, anche il Maresciallo è in ascolto divertito:

PEPPINO [dalla radio]
    ..."O tu che di Mafiopoli sei il vice,"
    gli dissi: "che ci fai in questo loco?".
    "Lasciami stare," triste egli mi dice...

SCENA 45
Oratorio – campetto [esterno giorno]

Sullo sfondo un gruppo di adolescenti gioca al pallone insieme a un sacerdote.

In primo piano due o tre, più grandi, ascoltano da una radiolina...

PEPPINO [dalla radio]
    ..."Qui son dannato a soffrir di tifo.
    Tentai di spostar lo campo sportivo
    e tutti ora mi dicono: Che schifo!"...

SCENA 46
Sezione del Pci [interno giorno]

Stefano Venuti, insieme a un paio di vecchi militanti...

PEPPINO [dalla radio]
    E c'era don Peppino Percialino,
    artista d'intrallazzi e di montagne,
    che annusava un po' di cocaino...

SCENA 47
Casa privata – un bagno [interno giorno]

Chiusa in bagno, una ragazza ridacchia tenendo bassissimo il volume...

PEPPINO [dalla radio]
    Sì, di cocaino al naso, come si dice, sniffava...
    no, no, pisciava, non so se pisciava...
    cacava, non si sa se grugniva o se sparava...

SCENA 48
Cinisi – bar [esterno giorno]

Stravaccato al bar, il gruppo dei notabili, invece, non si diverte affatto:

PEPPINO [dalla radio]
Gridava: "Sono sempre un galantuomo,
amico degli amici e di Pantofo,
presiedo una congrega: l'Ecce Homo,
e adesso nel mio cul tengo un carciofo"...

SCENA 49
Radio Aut [interno giorno]

Davanti alla sala di registrazione, il gruppo dei freak è piuttosto insofferente. Peppino è partito in quarta e sembra che non voglia più smettere. I ragazzi parlottano tra di loro con accenti del Nord...

RAGAZZA FREAK
Ma questo quando finisce?

ALTRO FREAK
Mi sembra completamente fuori...

Carlo si mette davanti al vetro dello studio e con le dita a forbice fa segno a Peppino di tagliare. Peppino se lo guarda e prosegue come se niente fosse...

PEPPINO [curiale]
Ma per redimersi dai peccati ecco che tutti pregano: *in nomine patris et filii et spiritus sancti...* e prega pure don Tano Seduto che è uomo di grande fede...

SCENA 50
Casa di Tano [interno giorno]

Il salotto di Tano. Appoggiata sul comò, la radio diffonde la voce di Peppino. Tano l'ascolta impenetrabile...

PEPPINO [dalla radio]
...e chi lo sa, forse in questo momento sta recitando un atto di dolore per tutti i peccati che ha commesso, così che si potrà perdonarlo assieme a tutto il popolo di Mafiopoli...

SCENA 51
Casa Impastato [interno tramonto]

La voce di Peppino sfuma sulla tavola di casa Impastato. Luigi, Felicia, Giovanni e Felicetta si fronteggiano in silenzio. C'è una strana atmosfera. Tesa, temporalesca...

LUIGI
È una casa questa? È una famiglia? Avanti e indietro quando vi pare... mai niente pronto... mai insieme, mai una parola... Felicia, lo sai che i comunisti vogliono mettere il divorzio anche in Italia?!

GIOVANNI
Dai, papà...

LUIGI
Così quando l'hanno messo, tu puoi divorziare e sposare Peppino! Il tuo fidanzato...

Felicia non risponde. Giovanni fissa il fondo del piatto. Ora Luigi si rivolge a lui:

LUIGI
Tu credi di contare qualcosa? Io conto qualcosa?
Niente contiamo! Solo Peppino conta, solo Peppi-
no esiste! Peppino Impastato... 'u re!

*Monta la collera, sale la temperatura. Felicetta fa il
gesto di alzarsi...*

LUIGI
E tu dove vai?

FELICETTA
Sono cose vostre...

LUIGI
Anche tu devi sentirle, voglio che lo sentite tutti...

*Felicetta abbassa lo sguardo, torna a sedersi. Gio-
vanni le accarezza la mano.
Luigi solleva il bicchiere, se lo beve fino all'ultimo
sorso. Poi:*

LUIGI
Io mi sono scassato. Me ne vado.

Restano tutti interdetti, ammutoliti. Poi:

FELICIA
E dove vai?

LUIGI
Non lo posso dire.

FELICIA
Ma quanto tempo stai via?

LUIGI [rabbioso]

Un anno? Un mese, un giorno? Importa a qualcuno quanto tempo devo stare via?

GIOVANNI

Ma perché *devi* andare via?

Non risponde. Si alza da tavola dirigendosi verso la sua stanza. Anche Felicia si alza per seguirlo:

LUIGI

Se non si aggiustano le cose io vendo tutto e me ne vado. Vendo tutto e qua non ci torno più!

FELICIA

Vendi tutto che cosa? Non ci pensi ai figli?

Si rivolta come morso da un cane:

LUIGI

Pensaci tu ai tuoi figli! Educali... educali tu, i tuoi figli... Educali!

SCENA 52
Cinisi – il Corso [esterno alba]

Luigi esce di casa. Ha una valigia in mano, gli occhi pesti, il borsalino in testa. Una macchina si ferma davanti alla porta di casa. Al volante un giovane sui venticinque, il nipote Jacuzzu. Scende dall'auto e lo aiuta a stivare la valigia nel bagagliaio di una Fiat 124.
Ripartono insieme.

SCENA 53
Punta Raisi – strada dell'aeroporto [esterno alba]

Ora la 124 corre lungo la strada che costeggia l'aeroporto. Incrociano l'Ape del venditore di sfincione; Luigi grida al nipote di fermarsi. Scende; chiama ad alta voce lo sfincionaro. L'Ape fa retromarcia e lo raggiunge. Luigi "pesca" un pezzo di sfincione...

LUIGI
Chissà che schifio di roba mi toccherà di mangiare...

Lo assapora guardando al di là della rete gli aerei che rollano sulla pista. Al nipote, vagamente angosciato:

LUIGI
Dieci ore per aria... e come fanno?

Jacuzzu ride, cerca di tranquillizzarlo.

JACUZZU
Ma se sono più sicuri delle macchine, zione!

LUIGI
Chi lo dice?

JACUZZU
Le statistiche!

LUIGI
Ci piscio sopra le statistiche!

Si avviano verso la macchina e salgono di nuovo...

SCENA 54
New Orleans – varie strade [esterno notte]

Luigi Impastato attraversa in taxi un quartiere di New Orleans. È teso, nervoso. Lo spettacolo di quella città affascinante che sfila oltre il finestrino non lo incuriosisce.

Si preoccupa solo di controllare il tassametro, per paura che lo freghino...

SCENA 55
New Orleans – casa di Anthony [interno notte]

Anthony, il cugino americano, non sembra invecchiato (forse si tinge i capelli). Ha l'aria compiaciuta e orgogliosa di chi ha fatto fortuna. Vestito all'ultima moda, è l'icona perfetta dell'immigrato di seconda generazione. Appeso a una parete un trittico di Warhol lo raffigura insieme alla moglie...

ANTHONY
E tu, Luigi, tuo figlio portalo qui, okei? Qualcosa da fare sempre la troviamo. Tanti ragazzi abbiamo sistemato, ci vogliono tutti bene 'ccà! Che sa fare Peppino?

LUIGI
Che sa fare? Niente sa fare. Ha studiato, poi si è messo coi comunisti... Adesso hanno una radio, al paese, una cosa di picciotti. Però Peppino è bravo, lo sai, quando ci si vuole mettere...

ANTHONY
Gli piace la radio? E noi lo facciamo lavorare nel-

la radio. Ci sono *broadcasting* di musica italiana bellissima qui... e se ci piace fare il giornalista, pure lì conosciamo... giornalisti, abbiamo amici giornalisti...

LUIGI [perplesso]
Venire qui? In America?

ANTHONY
Sure! E vedrai che lontano dalle cattive compagnie il *boy* mette la testa a posto. Comunisti in America non ne abbiamo, vero Cosima?

Dalle cucine è comparsa Cosima, anche lei completamente americanizzata: capelli cotonati biondo platino e unghie da pantera:

COSIMA
Luigi, non ti devi dare pensiero. Io me lo ricordo a Peppino nicu nicu... quelle belle poesie che diceva... un picciriddu a posto, uno che si capiva che avrebbe fatto grandi cose!

LUIGI [rassegnato]
Criscìu...

COSIMA
Andava bene a scuola, intelligente... Zio Cesare lo diceva sempre: il migliore della famiglia.

ANTHONY
Cosima, ce l'hai il *present* per Tano?

La moglie gli tende un pacchetto lungo, lussuosamente confezionato.

ANTHONY [a Luigi]

Te lo dissi che gli comprai una cosa? Tu appena torni, vai a casa sua e ci dici: caro Tano, questa te la
regala mio cugino Anthony, *right*? E lui capisce...

COSIMA

Vedrai che si sistema tutto, Luigi. A Cinisi cristia-
ni cattivi non ce ne sono. A Peppino non ci succede niente...

ANTHONY

E poi, Luigi, con Tano si ragiona, con Tano si può
parlare. Uomini come iddu ce ne vorria uno ogni
angolo di strada! Non gli fanno niente a Peppino,
vedrai...

LUIGI [improvvisamente duro]

Se vogliono fargli qualche cosa, prima devono ammazzare me.

*Marito e moglie si guardano per un attimo allarma-
ti. Poi si sciolgono in un sorriso rassicurante:*

ANTHONY

Ma che ammazzare e ammazzare, Luigi! Si ragiona, si spiega... Che siamo, animali?

SCENA 56
Radio Aut [interno giorno]

*Una mano a premere con indolenza la cuffia su un
solo orecchio, l'altra a serrare una lattina di birra gela-
ta, Carlo parla al microfono di Radio Aut.*

Stravaccato sulla poltroncina come a casa propria, sciorina i suoi argomenti con la solita disinvoltura, la solita parlantina vagamente sentenziosa...

CARLO

...I pregiudizi e la repressione dei bisogni sono i veri modi del dominio... Il tabù, il tabù sessuale, è l'arma con cui la borghesia interviene sul bambino per imprigionarlo nei suoi schemi. Rompere questi schemi, tornare bambini, questo è ciò che la borghesia non può accettare, questa è la vera rivoluzione... Approfittiamo di questo spazio a Radio Aut per lanciarvi la nostra proposta di liberazione del corpo...

Dietro il vetro della sala di registrazione Peppino scuote la testa con aria di compatimento...

CARLO

Il 15 agosto tutti nudi sulle spiagge di Cinisi... a dimostrare simbolicamente e realmente che siamo in grado di riprenderci tutti gli spazi che ci vogliono togliere a cominciare dal nostro corpo, dal nostro erotismo... e siccome noi non siamo dei parruccconi moralisti... [lancia un'occhiata in direzione di Peppino] chiameremo questa manifestazione: *chiappe selvagge!*

Peppino, come al rallentatore, mima un applauso beffardo. Poi si gira, tira giù i pantaloni e gli mostra il sedere...

SCENA 57
Una spiaggia [esterno giorno]

Un cordone di carabinieri trattiene una piccola folla di curiosi assiepata ai bordi della litoranea. Più in basso sulla spiaggia...

...la manifestazione di "chiappe selvagge" ha attirato molti ragazzi da fuori, qualche straniero, qualche turista di passaggio. Nessuno di Cinisi si è azzardato a parteciparvi.

Peppino passa lungo la strada a bordo di una Fiat 850. Vede la folla ai bordi della strada, rallenta. Quando capisce cosa attira la loro attenzione, accosta e si ferma.
Lo avvicina subito il Maresciallo dei carabinieri:

MARESCIALLO
Perché non ti ci metti anche tu col culo di fuori?

PEPPINO [beffardo]
Così poi mi arresta?

MARESCIALLO [ride]
Eh, come sei serio Impastato! Io ho l'ordine di lasciar fare. Che male fanno! E poi queste *chiappe selvagge* piacciono pure a me...

Ammicca con aria di maschile complicità che Peppino non sa o non vuole raccogliere.

PEPPINO
Bravo. Perché non si tira giù i pantaloni?

MARESCIALLO [si secca]
Che fai, lo spiritoso? Patente e libretto!

PEPPINO

Non ce l'ho la patente.

Mostra i polsi come a farsi ammanettare. Il Maresciallo gli sbatte la portiera in faccia. Gli fa cenno di ripartire.

SCENA 58
Casa Impastato [interno/esterno giorno]

Felicia Impastato a tavola con Giovanni, Felicetta e Peppino. C'è un'atmosfera allegra, luminosa, completamente diversa dalla tetraggine che vi regnava quando c'era il padre. Peppino scherza con la fidanzata del fratello:

PEPPINO

E voi non ci andate a far vedere le chiappe selvagge?

FELICETTA

Peppino, ma che dici?

PEPPINO

Ma allora non siete rivoluzionari! Siete due bacchettoni moralisti piccolo borghesi! Due pretazzi, due minchiuni!

GIOVANNI [ridendo, alla madre]

Peppino è pazzo...

FELICIA [non capisce]

Ma che storia è questa? Nudi nudi erano?

Dalla strada si avvicina un rumore. È un'auto, che

si è fermata davanti all'ingresso e ha spento il motore. Portiere che si aprono. Istintivamente Felicia...

...si avvicina alle imposte, ne orienta le doghe per sbirciare fuori. Vede...

...la 124 di Jacuzzu. Il ragazzo sta aiutando Luigi Impastato a tirar fuori la valigia dal bagagliaio...

FELICIA
Peppino, jattinni! Presto, è tornato papà!

Giovanni e Felicetta scattano in piedi. Peppino raccoglie le sue cose ed esce dalla porta che dà sul vicolo...

SCENA 59
Un baglio in montagna [interno giorno]

Luigi arranca dietro a un vaccaro attraverso una lunga stalla piena di bovini. Giungono finalmente...

...in uno stanzone buio, nero di fuliggine. In un angolo: grossi tini di metallo montati su rudimentali forni a legna, cataste di contenitori di plastica e alluminio, attrezzeria da caseificio rustico. Un uomo viene in luce dalla penombra: è Tano. Va incontro a Luigi a braccia spalancate. Sorridente, accomodante.
C'è anche Paolino Schillirò.

TANO
Talìa che sorpresa... Quand'è che tornasti?

LUIGI [cauto]
Sono appena arrivato... Volevo salutarti, mi hanno detto che stavi quassù...

TANO

Meglio controllarla di presenza la propria roba...
Se no gli uomini fanno il cacio male combinato...

LUIGI

Come stai, Tano?

TANO

Ma che, di me parliamo? Tu sei stato partito, tu sei
stato all'America! Raccontami com'è 'st'America...

LUIGI

Io ti racconto l'America? Ma tu là sei conosciuto!
Ti vogliono bene tutti!

TANO

Eh sì, ringraziando Iddio a Tano lo vogliono bene
tutti...

LUIGI

Ti ho portato una cosa... [porgendogli un pac-
chetto] un regalo di mio cugino Anthony, te lo ri-
cordi Anthony? 'U figghiu 'e Peppuccio...

TANO [con un mezzo sorriso]
E perciò? Certo che me lo ricordo...

Prende dalle mani di Luigi Impastato il pacchetto.
Lo svolge, ne tira fuori una cravatta sgargiante e chias-
sosa. Se la misura...

TANO

...Una cravatta, Luigi? Tano vaccaro con la cravatta? Tano vaccaro è uomo di campagna... [sor-
ride] Anthony la deve portare! Anthony che fre-

quenta la gente che conta... [un lampo feroce] Cosa dici, se la regalo a Paolino il cugino Anthony s'offende? Lo prende come uno sgarbo?

Luigi minimizza preoccupato. Tano l'annoda attorno al collo di Paolino Schillirò che si presta paziente.

TANO
E tuo figghiu come sta, l'hai veduto?

LUIGI
L'ho buttato fuori di casa, lo sai...

TANO
Mentre tu stavi in America, Peppino tornò a casa...

Luigi impallidisce. Ma Tano subito lo tranquillizza:

TANO
Eh, che sarà mai? Fimmini sono... Mi devi promettere che non la sgridi a tua moglie, eh Luigi? Me lo devi giurare!

LUIGI
Io giuro che lo mando via! Giuro che lo mando in America da mio cugino. Ci ho parlato con mio cugino...

TANO [lo interrompe]
Stai tranquillo, si sono dati una calmata. Adesso cantano: [canticchia, sulle note della canzone] "Tutti al mare, tutti al mareee..."

Tano ride, Paolino Schillirò ride. Luigi ride anche se non capisce.

SCENA 60
Strada di Radio Aut [esterno giorno]

Davanti al portoncino di Radio Aut c'è qualche ra-
gazzo della Comune oltre al gruppo dei soliti amici:
Salvo, Vito, Faro, Giovanni Riccobono. Uno striscio-
ne penzola dalla finestra. Sopra c'è scritto: RADIO OC-
CUPATA.

SALVO
Dai Peppino, apri, siamo noi.

Allarga le braccia sconsolato. Uno dei ragazzi della
Comune, sprezzante:

FREAK
...Fascista del cazzo...

Salvo perde la testa. Manca poco che gli metta le ma-
ni addosso:

SALVO
Che cazzo dici, *beddi capiddi*?! Che ne sai tu di Peppino!

FREAK
So solo che non ci si può discutere. Stalinista del
cazzo come te!

SALVO [lo spintona]
Ma vaffanculo!

Il freak si allontana insieme ai suoi amici. Vanno
via tutti, tranne uno (Mauro) che rimane ad ascoltare
in disparte, poco distante dagli amici di Peppino. Gio-

*vanni, Faro e Vito lo guardano interrogativi, poi deci-
dono di ignorarlo.*

Salvo, facendo imbuto con le mani:

SALVO

Peppino! Che minchia fai? Siamo noi, apri!

*Ma nessuno si affaccia alla finestra. La porta resta
inesorabilmente chiusa...*

SCENA 61
Radio Aut [interno notte]

*È notte fonda. Al tavolo della redazione: Peppino. Sta
finendo di scrivere l'ultimo di una pila di fogli di carta.
Si alza, entra in sala di registrazione e mette in fun-
zione le macchine.*

*Ora è al microfono, la cuffia in testa, gli occhiali sul-
la punta del naso. La sua voce è stanca, addolorata:*

PEPPINO

...In questi mesi chi ci ascolta si sarà accorto di
molti cambiamenti. Radio Aut si è "aperta", ha
accolto opinioni diverse, è diventata lo strumen-
to di diffusione di un codice di comportamento
libertario... o pseudolibertario. Certo: è affascinante dire "riprendiamoci il nostro corpo", "vi-
viamo liberamente la sessualità", chi non è d'accordo?

SCENA 62
Strada di Radio Aut [esterno notte]

Se ne sono andati tutti. Solo Mauro è ancora davanti alla sede "occupata" di Radio Aut. Appoggiato al cofano di un'automobile, ascolta da una radiolina portatile la voce di Peppino e il suo epitaffio sul Settantasette...

PEPPINO [dalla radio]
I compagni di Milano sono simpatici, chi lo nega? E tutti quei "creativi" arrivati da Bologna, quei fricchettoni piovuti giù dall'India, quelle ragazze tedesche e inglesi, non sono bellissime? Non viene voglia di piantar tutto e andar dietro a loro?

SCENA 63
Radio Aut [interno notte]

La macchina da presa è di nuovo su Peppino, dentro la sala di registrazione:

PEPPINO [al microfono]
...Ma noi non siamo a Parigi, non siamo a Berkeley. Non siamo a Goa, a Woodstock o sull'Isola di Wight. Siamo a Cinisi, Sicilia. Dove non aspettano altro che il nostro disimpegno, il rientro nella vita privata... per questo ho voluto occupare simbolicamente la Radio: per richiamare la vostra attenzione. Ma non voglio fare tutto da solo... è importante tornare al lavoro che abbiamo sempre fatto insieme: informare, dire la verità. E la verità bisogna dirla anche sulle proprie insufficienze, sui propri difetti... E adesso basta con le lagne, mettiamo

su un po' di buona musica e grazie a tutti quelli che
hanno avuto la pazienza di ascoltare...

Aziona il cursore e manda in onda A Wither Shade
of Pale *dei Procol Harum...*

SCENA 64
Strada di Radio Aut [esterno notte]

*Ora vediamo Peppino uscire da Radio Aut. Ha stac-
cato lo striscione con su scritto* RADIO OCCUPATA *e sta per
buttarlo nella 850 quando una voce...*

MAURO [fuori campo]
...Peppino... vorrei dirti una cosa...

*Peppino si volta allarmato. Quando vede Mauro, ti-
ra un sospiro di sollievo...*

PEPPINO
Ah, sei tu... per un attimo ho pensato...

*Mauro sorride. È uno della Comune ma nell'atteg-
giamento verso Peppino non denota nessuna aggressi-
vità, nessuno spirito di competizione. Al contrario, è come se in lui operasse una serenità che permette di arrivare subito al cuore...*

MAURO
Me ne sono stato qui sotto a sentire la trasmissione... ho pensato che su tante cose hai ragione...
Però c'è un fatto. Anche se hai ragione, anche se
magari hai tutte le ragioni di questo mondo... tu
la Radio non la devi occupare. Perché non è tua...
non è *solo tua.*

PEPPINO [toccato]
Se vuoi farti sentire, qualche volta devi fare la voce grossa...

MAURO
No. Se fai la voce grossa fai capire che stai male... ma non ti fai *sentire*... non ti fai ascoltare...

Peppino è toccato, non sa che rispondere. Mauro gli batte la mano sulla spalla e se ne va inghiottito dalla notte...

SCENA 65
Cinisi – varie strade [esterno notte]

Passaggi della 850 di Peppino. Umidità, pioggia che sta per arrivare, A Wither Shade of Pale *a tutto volume...*

SCENA 66
Cinisi – pizzeria Impastato [esterno notte]

Pioviggina, l'asfalto è lucido e scivoloso.
Passando davanti alla pizzeria del padre, Peppino rallenta. Dietro i finestroni, come in un quadro di Hopper, si vede...

...Luigi Impastato sistemare tavoli e sedie prima di chiudere il locale. Lavora in silenzio, con scrupolo. Piega i tovaglioli, allinea i bicchieri sugli scaffali con un che di maniacale e struggente. Peppino esita un istante, poi spegne il motore.

SCENA 67
Cinisi – pizzeria Impastato [interno notte]

Luigi Impastato continua ad allineare i bicchieri. Non si è accorto di Peppino che scivola silenziosamente alle sue spalle. Arrivato al banco:

PEPPINO [scherzoso]
Don Luigi, ce lo fate un caffè?

Luigi si volta, preso alla sprovvista. Il lampo di tenerezza che per un attimo gli ha illuminato gli occhi si appanna subito. La sua voce è dura:

LUIGI
La macchina è spenta.

PEPPINO [dopo un'esitazione]
Bentornato...

LUIGI
Grazie.

PEPPINO
Piove. Vuoi un passaggio?

LUIGI
Vado a piedi.

PEPPINO
Il viaggio in America? Tutto bene?

LUIGI
Buono.

PEPPINO
Hai visto i cugini? Tutti bene?

LUIGI [azzarda]
Anthony dice che potresti lavorare là... dice che
potresti fare là la tua radio...

*Restano in silenzio. Peppino scuote la testa. Fa per
andarsene...*

PEPPINO
Ci penserò...

LUIGI
Se vuoi... te lo faccio con la caffettiera il caffè.

PEPPINO
Non importa. Dicevo per dire.

*Di nuovo silenzio. Ognuno ora sembra voler sfuggi-
re lo sguardo dell'altro.*

PEPPINO
Sicuro che non lo vuoi un passaggio?

*Allude alla pioggia che batte fastidiosa contro i ve-
tri. Il padre mormora appena:*

LUIGI
Quattro gocce. Tra un minuto smette.

Peppino si avvia verso l'uscita.

PEPPINO
Allora... buonanotte.

LUIGI
    Salutiamo.

SCENA 68
Strada di campagna [esterno notte]

Luigi cammina al bordo della strada malfermo,
sguardo alterato. Le auto che passano abbagliano la sua
figura da spaventapasseri, pestano il clacson ad avver-
tirlo del rischio.
    Luigi sembra incurante di tutto. Grida al buio le pa-
role che non gli sono uscite con Peppino:

LUIGI
    Io devo parlare? Tu devi parlare, tu devi dire le
    cose... No, "parla tu"... certo, parlo io! Sempre io
    che devo fare il primo passo. Fallo tu il primo pas-
    so, parla! Buttana di Caino, parla! Tu devi parla-
    re. Stai lì a strillare a quella cazzo di radio tutto
    il giorno e quando c'è tuo padre: muto! Non ce
    l'hai la lingua quando c'è tuo padre?! E "com'è l'A-
    merica" e "come stanno i cugini"? Ma puttana di
    quella Eva, me lo chiede qualcuno come sto io?
    Me lo vuoi chiedere cosa ci sono stato a fare in
    America? "Ti do un passaggio", un passaggio per
    dove? E mi parli mentre mi dai 'sto cazzo di pas-
    saggio, me la dici qualcosa? O te ne stai muto co-
    me al solito... [a un'auto che lo abbaglia] E vat-
    telo a pigghia' 'nto culo! Non ci parli a tuo padre...
    però quand'eri picciriddu la cantavi la poesia...
    come faceva... il naufragare... dolce... ma non ti
    preoccupare che a me me lo danno un passaggio,
    a Luigi Impastato ce lo danno un passaggio... Ehi,
    me lo date un passaggio?!

Sente un rumore in lontananza, un'auto che si avvicina. Luigi si sporge verso il centro della carreggiata alzando il pollice per fare autostop.
La macchina si accorge di lui troppo tardi.
Una luce violenta investe il fotogramma, lo sbianca, lo cancella. Un rumore di frenata, un tonfo. Poi di nuovo il silenzio e il buio.

SCENA 69
Cimitero [esterno giorno]

Davanti alla cappella di famiglia.
Peppino, Giovanni e Felicetta sono accanto a Felicia. Il funerale è appena finito; parenti e conoscenti si avvicinano per salutarli. Riconosciamo Jacuzzu, riconosciamo Anthony e Cosima arrivati apposta dagli Stati Uniti. Più in là un gruppo di uomini attorno a Paolino Schillirò, in attesa del loro turno. Qualche parola di conforto, lacrime vere e fasulle, un abbraccio alla moglie, una stretta di mano ai figli...

UN VECCHIO
Coraggio Felicia...

UNA VECCHIA
Siamo tutti nelle mani di Dio...

Si fa avanti anche Schillirò assieme agli altri sottopancia. Vestito nero e cappello in mano, aria di dovuta contrizione...

SCHILLIRÒ
Le mie condoglianze... Tano non è potuto venire ma mi incarica di dirti che ci fosse bisogno di qualche cosa... di qualunque cosa...

Felicia si divincola con fastidio. Schillirò non insiste. Si avvicina a Peppino e porge la mano. Peppino rimane a fissarlo in faccia coi pugni in tasca. Il cugino resta interdetto, gli occhi di tutti puntati sul suo braccio teso...

Si rivolge allora a Giovanni. Dopo un attimo di esitazione sia Giovanni sia Felicetta imitano l'esempio di Peppino. Anche Schillirò resta interdetto, poi gira sui tacchi e se ne va...

Peppino rimane a guardarli rigido, duro, apparentemente senza alcuna emozione. Fa un certo effetto vederlo così impermeabile alla sofferenza che pure si legge sui volti di Felicia, di Giovanni, di Felicetta. Poi qualcuno...

...gli si avvicina. È il cugino Anthony:

ANTHONY
Peppino... *I've something to tell to you...*

Peppino lo guarda con un che di sfrontato.

ANTHONY [duro]
You cannot treat them this way! You must be respectfull towards your father and his friends. You can't mess around in front of everybody!

PEPPINO
Mi dispiace, non lo capisco l'inglese.

Anthony avvampa. Sta per rispondere quando Cosima prende sottobraccio Peppino e se lo porta via...

COSIMA
Ascolta…

PEPPINO
Che c'è?

COSIMA
Non devi fare così, non devi offendere…

PEPPINO
Quelli non li voglio vedere…

La cugina cerca di prenderlo per il verso giusto, accomodante, persuasiva:

COSIMA
Ma tu crei difficoltà per la tua famiglia… ora che non c'è più tuo padre e nessuno la protegge…

PEPPINO
Cosa stai dicendo?

COSIMA [improvvisamente dura]
Perché credi che non ti hanno mai fatto niente? Perché avevano paura di te? È *adesso* che devi stare attento! Adesso basta giocare.

Peppino si scioglie dal suo braccio.

SCENA 70
Casa Impastato [interno tramonto]

I due fratelli stanno mettendo ordine in casa, il triste ordine di chi deve rimuovere ogni traccia. Infilano negli scatoloni i vestiti del padre, le sue carte, le stupide vecchie cose conservate a oltranza. In un angolo dell'armadio trovano...

...una scatola di dolci. Dentro sono ammucchiati volantini, ciclostilati, bozze, manoscritti. C'è perfino una vecchia copia de "L'Idea Socialista". Peppino allunga a Giovanni un foglietto spiegazzato...

PEPPINO
Incredibile. Ha conservato tutto... perfino questo!

GIOVANNI [leggendo]
Voglio abbandonare la politica... e la vita... Tu l'hai scritto?

PEPPINO [minimizzando]
Mah sì, qualche anno fa. Chissà che cazzo avevo per la testa...

Giovanni ributta il volantino nella scatola:

GIOVANNI [duro]
Meglio se l'abbandonavi davvero la politica.

Mai in Giovanni si sono viste sfumature aggressive. Peppino si volta incuriosito:

PEPPINO
Che hai?

Forse è l'angoscia per i funerali – forse soltanto la fisiologica fraterna rivalità troppo a lungo negata e compressa – ma Giovanni apostrofa Peppino con asprezza insolita:

GIOVANNI
Ti diverti a provocare, ti vederti a mettere tutti in difficoltà?

PEPPINO
Ma che cazzo dici?

Sorride, lo prende per un braccio cercando di sdrammatizzare. Ma in Giovanni sta montando una furia che non riesce più a controllare:

GIOVANNI
Anche il funerale di tuo padre dovevi trasformarlo in un comizio? Anche lì volevi sfidare! Ma cosa cazzo credi di fare? L'eroe? Il martire? Santa Rosalia, così che possiamo portarti in processione?!

PEPPINO
Ascolta...

GIOVANNI
Ma ci pensi mai agli altri, a quello che provano? Ci pensi mai se per loro è facile guardarti mentre ti scavi la fossa con le tue mani?

Sembra un fiume in piena che tutto travolge. La voce di Giovanni trema:

GIOVANNI
E mentre tu fai l'eroe, ci pensi a quelli che si fanno il culo al posto tuo? Giovanni fa' questo! Giovanni fa' quest'altro! Giovanni aiuta a tuo padre! Giovanni consola tua madre... Credi che sia stato facile? Che mi sono divertito?

PEPPINO [conciliante]
Hai ragione... ma adesso calmati...

GIOVANNI
Solo tu lo sai fare l'eroe? Vuoi vedere che anch'io
lo so fare l'eroe?!

*Si avvicina alla finestra e la spalanca. Grida rivolto
all'esterno:*

GIOVANNI
Tano è un mafioso! Tano è un assassino!!!

Peppino si lancia verso il fratello, lo afferra cercando di strapparlo via dalla finestra. Lottano, cadono a terra. Giovanni fa per colpirlo in faccia, poi devia sull'impiantito. Si stacca da lui, si rannicchia contro la sponda del letto. Ora piange silenziosamente.
Peppino cerca la sua mano.
Si stringono, singhiozzano tutti e due...

SCENA 71
Cinisi – pizzeria Impastato [interno/esterno notte]

Peppino e Giovanni sbocconcellano svogliatamente qualcosa al tavolo della pizzeria. È chiusa al pubblico, manifesti listati a lutto appiccicati alle vetrate. In controluce si legge il nome di LUIGI IMPASTATO. Oltre i vetri...

...è visibile la strada. Alle spalle dei due fratelli arriva lentamente un'auto grigia...

GIOVANNI
La mamma, meglio farla dormire fuori ancora per
qualche giorno...

PEPPINO
Sì, magari da zia...

GIOVANNI
Portiamo via la roba di papà? È brutto farcelo fare a lei...

PEPPINO [stanchissimo]
Ci pensiamo domani...

In strada l'auto è rimasta per qualche istante immobile a fari spenti. Si apre la portiera; ne scende Tano. Attraversa la strada ed entra nella pizzeria dalla porta sul fondo del locale:

TANO [fuori campo]
Si può avere un caffè?

GIOVANNI
È chiuso.

Non realizza subito che si tratta di Tano. Quando si gira e lo riconosce si alza in piedi smarrito; guarda Peppino come a chiedergli istruzioni. Ma Peppino neanche si volta...

TANO
Allora, se permettete me lo faccio da solo...

Va dietro il bancone, comincia a prepararsi il caffè...

TANO
...perché uno tutte cose deve saper fare, anche il caffè. Sapeste quante volte nella mia vita sono stato solo... e mi sono sempre arrangiato...

Riempie la tazza, scende dal bancone e si avvicina ai ragazzi. Prende tempo, misura lo spazio e le distanze. Sussurra appena:

TANO

Oggi volevo stare al cimitero… a onorare un amico che purtroppo non c'è più. Invece sono salito in campagna, ho pensato a tante cose… ho pensato: ma perché Tano non può piangere il suo amico Impastato? Perché Tano non lo vogliono al funerale del suo amico Impastato?

Peppino non muove un muscolo. Tano tira fuori dalla tasca un volantino spiegazzato:

TANO

Forse è per questa cosa che c'è scritta qui…

Strizza gli occhi nello sforzo di leggere:

TANO [leggendo]

"Tano Seduto… viso pallido esperto in lupara e traffico di eroina…"

Nessuno si muove, nessuno guarda. Come se il monologo di Tano avvenisse all'interno di una bolla di cristallo:

TANO [si illumina]

Ecco perché non lo vogliono Tano al funerale del suo amico Impastato! E come potrebbe onorare il suo amico? Come potrebbe stringersi ai famigliari e piangere le loro lacrime se questo è quello che dicono di lui? *Viso pallido esperto in lupara e traffico di eroina…* Allora se così fosse, ma non lo è, la

droga che passa da Punta Raisi... Tano la traffica!
Se così fosse, ma non lo è, le raffinerie nascoste
nelle campagne... Tano le possiede! Allora Tano è
un mostro, Tano è il diavolo! Tano è la cattiveria
fatta persona! Tano è *tinto*!

*Un lungo sorso. Poggia la tazzina. Ora fa qualche
passo muovendosi in cerchio attorno ai due ragazzi rimasti immobili a fissare il muro...*

TANO
Ma chi le dice queste cose? E soprattutto: come fa
a dirle? Lo ha visto a Tano fare quelle cose? No,
non l'ha visto. Lo ha visto che comprava l'eroina,
lo ha visto che la raffinava, che se la metteva in tasca e la portava in America? [si risponde da solo]
No, non l'ha visto. Non l'ha visto però lo dice lo
stesso...

*Si è avvicinato ai ragazzi, incombe su di loro come
la montagna sull'aeroporto. Poi si stacca, torna sui suoi
passi. La sua voce ridiventa un sussurro. Nessuna mi-
naccia nelle sue parole, anzi: un che di accorato, perfino di affettuoso...*

TANO
Me ne stavo in campagna e pensavo tanto al mio
amico Luigi... a lui con questi due picciriddi che
piange e dice: "Zù Tano nessuno mi dà lavoro, zù
Tano, fammi mangiare" e allora zù Tano parla con
questo, parla con quello, ci dice: fatelo mangiare a
Luigi, dategli una mano. E Luigi lavora, e ci entrano i primi piccioli, compra questa bella pizzeria e manda i suoi figli a scuola perché non deb-
bano mai soffrire come lui, umiliarsi a chiedere...

Zù Tano, il diavolo, il mostro, il viso pallido esperto in lupara e in eroina...

Appoggia la tazzina di caffè sul tavolo di Giovanni e Peppino...

TANO
Adesso facciamo una bella cosa... voi mi offrite questo buon caffè e siamo pari di tutto, di debito, di riconoscenza, di rispetto...

Giovanni e Peppino non muovono un muscolo...

TANO
Perché io lo so che quando uno fa del bene poi viene odiato, perché è legge di natura...

Si china su Peppino quasi a sfiorarlo:

TANO
D'ora in avanti tu Peppino non mi devi più odiare... perché con questo caffè abbiamo chiuso tutti i conti... E se invece vuoi continuare a odiarmi... per me va bene uguale! Perché a Tano tu, meschino, ci fai soltanto ridere, i tuoi insulti non ci arrivano... Perché tu non ci sei, tu non esisti, tu sei un nuddo mescato cu'n niente! E neanche paura devi avere, perché ci sarà Tano a proteggerti... perché è Tano e soltanto Tano che ti dà il permesso di continuare a ragliare come i cavalli... come gli scecchi...

Di colpo lo schermo si sfonda in luce abbacinante. Peppino grida...

SCENA 72
Casa Impastato [interno notte]

Peppino si desta di soprassalto; grida fradicio di sudore. Poi si guarda intorno, si rassicura. Nel letto accanto, Giovanni dorme profondamente.
Peppino ne spia la nuca infantile...

SCENA 73
Un bar [interno giorno]

La televisione sta mandando in onda le immagini scioccanti di via Fani. Un sacco di persone si affolla ammutolito sotto lo schermo; chiunque entri ne viene irretito.

Si vedono le auto crivellate di colpi, i cadaveri degli uomini di scorta coperti da fogli di giornale, i cerchi di gesso attorno ai proiettili. Vetri in frantumi, macchie di sangue. Le facce di poliziotti e giornalisti che assistono ai rilievi sono incredule, sbigottite. Anche la voce dello speaker è emozionata:

SPEAKER TV
...La potenza di fuoco del commando terrorista dev'essere stata terribile... non ci sarebbero al momento testimoni in grado di dire se l'onorevole Aldo Moro sia stato ferito... nessun superstite, ripetiamo, nessuno degli uomini della scorta è sopravvissuto all'agguato... ecco potete vedere i fori delle mitragliette... il collega mi dice... grazie, ecco, potete vedere i bossoli, pare che il commando indossasse delle divise da aviatore probabilmente rubate...

Anche Peppino e Salvo guardano le immagini mischiati agli altri avventori.

Qualcuno si gira e li nota. Ora anche gli altri si sono accorti dei due giovani.

Ostilità e rabbia montano rapidamente:

UN AVVENTORE
Siete veramente bravi... E adesso a chi la date la colpa? Alla mafia?

VARIE VOCI
– Guardali gli amici dei terroristi!
– Sarete contenti...
– La pena di morte ci vorrebbe!

Si avvicinano minacciosi. Peppino e Salvo sono costretti a uscire...

SCENA 74
Villa Fassini [pomeriggio]

Peppino e Salvo passeggiano sulla scogliera che costeggia Villa Fassini. La casa è in abbandono, le mura pericolanti, il giardino incolto. In poco tempo tutto è già andato in rovina...

PEPPINO
Sembravano padreterni e invece se ne sono andati anche loro... niente resiste qui.

SALVO
La Radio resiste. Noi resistiamo.

PEPPINO

Ancora per quanto? Hai visto prima? A momenti
ci linciavano...

Si siede, lasciandosi indorare dalla luce del pome-
riggio. Salvo lo segue.

SALVO

Perché sono minchie pallide. Per loro Brigate rosse
o noi è la stessa cosa. Non fa nessuna differenza...

PEPPINO

Allora c'è qualcosa di sbagliato se non fa nessuna
differenza...

SALVO [si ribella]

Ma la sanno benissimo la differenza! Solo che gli
fa comodo metterci tutti nello stesso mucchio. Così finalmente ci fanno stare zitti. Così ci tappano
la bocca.

Peppino sorride con tristezza.

SCENA 75
Sezione del Pci [interno giorno]

La sezione del Pci di Cinisi è rimasta tale e quale.
L'unico cambiamento è il ritratto di Berlinguer al posto
di Togliatti. Un televisore manda in onda...

...le immagini del telegiornale. Aggiornamenti e no-
tizie sul sequestro Moro. Luci azzurrine che diffondono
un'aura spettrale...

*Stefano Venuti è invecchiato, stanco. Per muoversi de-
ve aiutarsi col bastone. Indicando una sedia a Peppino:*

VENUTI
Mi dispiace per tuo padre. Sarei venuto al funerale ma...

*Allude alle gambe che muove con fatica. Peppino
scuote il capo...*

PEPPINO
Voglio parlarti.

VENUTI
Qui siamo.

PEPPINO
Ho deciso di candidarmi alle elezioni comunali.
Penso di poter contare su un centinaio di voti. For-
se di più.

VENUTI
E vuoi tornare con noi?

PEPPINO [scuote il capo]
No. Mi candido con Democrazia proletaria.

VENUTI [beffardo]
E vieni a chiedere il permesso?

PEPPINO
La gente che mi vota non avrebbe mai votato Pci.
Sarebbero tutti dispersi. Cento, centocinquanta vo-
ti buttati via.

VENUTI

E se invece li danno a te?

PEPPINO

Quello che ho fatto alla Radio lo farò al Comune.
Li controllo, li marco stretti... li costringo a ri-
spettare le leggi.

Stefano Venuti si accende una sigaretta.

VENUTI

Una volta mi hai detto che qui dentro si impara solo la sconfitta...

Peppino abbassa lo sguardo...

VENUTI

Noi saremo sempre sconfitti... perché ci piace essere divisi, ci piace fare ognuno per conto nostro...

*Apre un cassetto. Ora inspiegabilmente sorride. Tira
fuori un foglio secco e ingiallito. Lo porge a Peppino:*

VENUTI

Son tanti anni che volevo dartelo. Piglialo, portalo via.

*È uno schizzo di Peppino ancora bambino. Grandi
occhi vivi e intelligenti, l'espressione seria di chi cerca
di apparire più grande...*

PEPPINO

E quando l'hai fatto?

VENUTI
Tanti anni fa. Quando sei venuto da me la prima
volta.

*Peppino si rigira tra le mani il ritratto. Guarda Ste-
fano Venuti, sorride ripensando a quel lontano giorno
che segnò la sua vocazione.*
Anche Venuti sorride…

SCENA 76
Casa Impastato [interno giorno]

*Peppino a tavola con la madre. Hanno appena fini-
to di cenare. Davanti a loro c'è il televisore acceso. Seguono in silenzio l'accorato appello che papa Paolo VI
rivolge agli "uomini delle Brigate rosse" perché restitui-
scano vivo Aldo Moro…*

PAOLO VI [dalla televisione]
…Abbiamo trepidato invano in questi giorni perché l'onorevole Aldo Moro fosse restituito alla libertà, alla sua famiglia, al suo paese…

Felicia scuote la testa, impressionata.

FELICIA
Non mi piace quello che succede. Non la doveva-
no fare questa cosa…

PEPPINO [concentrato]
Fammi sentire…

Improvvisamente:

FELICIA

Ma non lo vedi che sono tutti impazziti. Perché questa cosa di fare il candidato adesso? Se gli altri vogliono fare i comizi, li facessero... ma perché ti ci metti di mezzo sempre tu?

Peppino si alza in piedi, per andarsene. La guarda con tenerezza...

SCENA 77
Cinisi – il Corso [esterno giorno]

Lungo il Corso di Cinisi una Fiat 850 avanza a passo d'uomo.
Sul tetto è fissato un altoparlante che amplifica la voce di Peppino. All'interno il giovane guida con una mano, con l'altra tiene stretto il microfono:

PEPPINO [effetto altoparlante]

Compagni di Cinisi, non fatevi intimidire dal clima che il sequestro Moro ha imposto a tutta Italia. Tutti compatti contro il movimento, contro i giovani... come se fossimo tutti terroristi assassini... Non fatevi intrappolare... Domenica prossima sarete chiamati a decidere... O coi mafiosi o contro di loro!

La 850 passa sotto casa Impastato. Peppino saluta con due colpi di clacson.
Felicia si affaccia in strada; guarda apprensiva l'auto del figlio proseguire in direzione del Municipio. È a disagio, si sente osservata. Guarda in direzione...

...della casa di Badalamenti.
Tano è al balcone, affiancato dai suoi scherani. Fissa Felicia, inespressivo.

Invece di ritrarsi, la donna restituisce lo sguardo...

SCENA 78
Cinisi – varie strade [esterno giorno]

Passaggi della 850 di Peppino che continua il suo comizio. Incrocia un gregge di pecore che gli ingombra la strada. Allegramente:

PEPPINO [effetto altoparlante]
    Cittadini di Cinisi, non fate come questi caproni... andate controcorrente, votate Giuseppe Impastato!

SCENA 79
Radio Aut [interno notte]

Pochi ragazzi in redazione. Peppino, seduto al tavolo di lavoro, sta ascoltando da una radiolina a transistor la trasmissione di un'altra emittente locale...

SPEAKER [dalla radio]
    Parlerà ora il candidato Giuseppe Impastato che abbiamo sentito oggi pomeriggio...

VITO [lo canzona]
    Che fai, sei passato alla concorrenza?

PEPPINO
    Con questa campagna elettorale tocca farsi intervistare da cani e porci...

SALVO [beffardo]
    Bisogna vedere se cani e porci poi ti votano, però...

PEPPINO [dalla radio]
...dal Comune di Cinisi passano troppi denari e troppi appalti. La nostra candidatura serve anche a denunziare la banda de... beep!... che ha governato finora...

La parola è stata sostituita da un cicalino. Salvo e Peppino si scambiano un'occhiata...

SALVO
Ahi!

PEPPINO [rabbioso]
Questi figli di puttana...

PEPPINO [dalla radio]
...Questo paese sarà finalmente libero quando non saremo più costretti a chiamarlo maf... beep!... e quando il signor Gae... beep!... Bada beep!... non sarà più il padrone della nostra vita. Per questo domenica prossima...

Peppino spegne con un gesto di stizza la radio.

PEPPINO [ad alta voce, ai ragazzi]
Ma chi sono questi qui? Prima mi fanno l'intervista e poi me la tagliano tutta! Dov'è l'elenco che adesso gli telefono... minchie pallide pure loro... come si chiama la radio?

FARO
Terrasini Centrale...

PEPPINO [sfogliando con furia l'elenco]
Non c'è... Hanno paura perfino di stampare il nome sull'elenco telefonico...

SALVO [un po' strafottente]
Quelli trafficano con la pubblicità, pigliano soldi da tutte le parti...

Peppino improvvisamente scatta in piedi e raccoglie le sue carte.

PEPPINO
Vado da mia madre a mangiare qualcosa. Alle nove torno. Salvo, vuoi uno strappo?

Scappa via di fretta insieme a Salvo.

SCENA 80
Strada di Radio Aut [esterno notte]

Salgono sulla 850, parcheggiata davanti al portone della Radio.

Partono imboccando la strada che porta verso il mare.

Pochi secondi dopo arriva un'altra macchina che inchioda davanti alla Radio. Ne scende un ragazzo tutto trafelato (Giovannino)...

SCENA 81
Radio Aut [interno notte]

Nella stanza sono rimasti Vito e Faro. Arriva Giovannino, agitatissimo.

GIOVANNINO [concitato]
Dov'è Peppino?! È importante!

VITO
È uscito or ora con Salvo... Ma che è successo?

GIOVANNINO [cercando le parole]
C'è una cosa, non so... forse è solo una fesseria...

SCENA 82
Strada di casa di Salvo [esterno notte]

La 850 accosta al marciapiede. Salvo scende dall'auto, richiude lo sportello. Si china verso Peppino.

SALVO
Ci vediamo alle nove.

PEPPINO [dall'interno dell'auto]
Alle nove in punto!

Riparte, Salvo si volta verso il portone di casa sua. Poi, con la coda dell'occhio, vede sbucare da una strada laterale...

...un'auto scura. Gli passa davanti accodandosi a quella di Peppino.

Salvo le segue entrambe con gli occhi finché non scompaiono dietro una curva...

SCENA 83
Strada di Radio Aut [esterno notte]

I compagni di Peppino escono di corsa da Radio Aut. Frasi brevi, concitate, prima di saltare in macchina:

VITO
Che cosa ti disse esattamente tuo cugino?

GIOVANNINO
Di starmene tranquillo a Palermo, di non venire a Cinisi perché stanotte succedeva qualcosa...

FARO
Come qualcosa? A chi?

GIOVANNINO
Nient'altro ha detto. Solo di starmene a casa mia.

FARO
Cosa dobbiamo fare?

VITO
Tu va' a prendere Salvo. Cominciate dalle trazzere vicino all'aeroporto... Io provo a casa di Peppino...

GIOVANNINO
Che facciamo coi carabinieri? Li avvertiamo?

FARO
Lascia perdere. Cerchiamocelo noi...

SCENA 84
Lungomare [esterno notte]

La berlina scura affianca la 850 stringendola contro il bordo della strada.
Inutilmente Peppino cerca di sganciarsi; l'auto è molto più potente e controlla senza sforzo qualsiasi movimento dell'utilitaria. Bastano poche decine di metri per mandarla a incastrarsi contro un muretto a secco...

Peppino si attacca al clacson cercando di attirare l'attenzione di qualcuno. Ma la strada è completamente deserta. Le poche case vicine, case di villeggiatura, hanno tutte le luci spente...

Tre uomini schizzano fuori dalla berlina scura. Spalancano la portiera della 850 e ne tirano fuori Peppino. Cominciano a colpirlo ripetutamente...

SCENA 85
Casa Impastato [interno notte]

Giovanni apre la porta di casa a Giovannino e Vito. La loro apprensione lo mette subito in allarme:

GIOVANNI
Vito!... Che c'è?!

VITO
Peppino è qui?

GIOVANNI
Lo stiamo aspettando... perché, è successo qualcosa?

Alle spalle di Giovanni compare Felicetta, allarmata...

FELICIA [fuori campo]
È Peppino? È arrivato?

SCENA 86
Viottolo di campagna – casolare [esterno notte]

La berlina nera, seguita dalla 850, imbocca un sentiero di campagna fino a fermarsi alle spalle di un casolare di pietra. Scendono tre uomini, trascinando in mezzo a loro Peppino. Un altro ha guidato fin lì l'utilitaria per toglierla di vista.

Peppino si dibatte cercando di liberarsi. Uno degli uomini gli tappa la bocca, un altro gli tiene fermi i piedi. È una sequenza breve, senza parole. Solo un'eco di bestemmie smozzicate, di respiri, di gemiti. Un accordo stonato di suoni nel quale non si distingue la voce di Peppino da quella dei suoi aggressori...

SCENA 87
Cinisi – il Corso [esterno notte]

Una macchina avanza lentamente lungo il Corso. Riconosciamo Faro al volante e Salvo seduto accanto a lui, gli occhi fissi sulla strada. Passano davanti a uno dei due bar della piazza. All'ingresso, in piedi, tre o quattro figuri con le mani in tasca. Sono i leccapiedi di Badalamenti.

SALVO
Bastardi... stanno già facendo festa...

SCENA 88
Viottolo di campagna – casolare [esterno notte]

Dietro il vecchio casolare la strada compie una curva. Lì uno spiazzo offre il suo squallido teatro all'esecuzione. La luce della luna calante illumina...

...un groviglio di corpi che lottano. Movimenti confusi, respiri affannosi, il tonfo sordo dei colpi. Peppino cerca ancora di difendersi scalciando. Ma i suoi movimenti sono sempre più disarticolati e inefficaci, sempre più deboli. È lotta breve: quattro uomini contro uno solo...

Ora Peppino giace a terra agonizzante. Brevemente i carnefici confabulano tra di loro per organizzare il seguito. Un uomo si avvicina alla berlina scura, apre il bagagliaio. Ne estrae un sacco...

Improvvisamente qualcosa li blocca. In lontananza, all'inizio della strada d'accesso al casolare, sono apparsi gli abbaglianti di un'auto. Avanzano cautamente sciabolando l'oscurità: c'è qualcuno che si sta avvicinando...

SCENA 89
Viottolo di campagna [esterno notte]

L'auto di Faro e Salvo imbocca lo stesso sentiero di campagna che porta al casolare. I fari ne illuminano in profondità i vecchi muri di pietra...

SALVO
La strada finisce... Lì c'è solo la ferrovia...

FARO
Che facciamo?

L'auto si ferma. Restano qualche istante indecisi sul da farsi. Poi Faro innesta la retromarcia e manovra per disimpegnarsi...

SCENA 90
Casolare e ferrovia [esterno notte]

I mafiosi restano ancora immobili, acquattati nell'oscurità. Per un attimo hanno temuto l'arrivo inaspettato di quella macchina e hanno estratto le pistole, pronti a far fuoco. Le mettono via solo quando la vedono tornare indietro.

TAGLIO INTERNO

Ora stanno trascinando il corpo di Peppino fino alla ferrovia che corre poco distante. In lontananza si sente il latrato di un cane...

Sono giunti alla massicciata. Dal sacco uno di loro tira fuori una decina di candelotti di dinamite. Cominciano a legarglieli attorno al petto con una corda. Lavorano in perfetto silenzio. Gesti precisi, essenziali, come se ognuno conoscesse la propria parte...

SCENA 91
Cinisi – un incrocio [esterno notte]

L'auto di Salvo e Faro incrocia quella di Giovannino e Vito. Sporgendosi dal finestrino:

FARO
Niente?

VITO
No. E voi?

FARO
Avete provato alla spiaggia?

Si guardano per un attimo, disperati. Poi ripartono verso opposte direzioni...

SCENA 92
Ferrovia [esterno notte]

I mafiosi hanno finito di sistemare la dinamite tutt'attorno al torace di Peppino. Il ragazzo respira ancora, sommessamente. Ora stringono le corde. Ora preparano la miccia srotolandola dal suo rocchetto.

Resta un ultimo candelotto. Glielo ficcano in bocca forzando la mascella irrigidita...

Si sono allontanati. Peppino è rimasto solo, abbandonato come uno straccio in mezzo ai binari. Ancora qualche istante di attesa.
Poi la vampa dell'esplosione.

SCENA 93
Ferrovia – treno [esterno alba]

La luce dell'alba dipinge tutto il paesaggio di rosa. Solo la parete della montagna incombe nera per il controluce e sembra respingere la prospettiva del mare alla sua destra. I binari della ferrovia corrono verso il loro punto d'incontro all'infinito...

Come ogni mattina il macchinista pilota la corsa del diretto Palermo-Trapani. I soliti gesti, i rituali controlli. D'un tratto qualcosa lo impensierisce. Un centinaio di metri davanti a lui...

...la massicciata è scardinata, i binari divelti. Puntano verso il cielo come dita torte dall'artrite. Il treno frena bruscamente...

SCENA 94
Ferrovia [esterno mattino]

Il treno è immobile in mezzo alla campagna; i passeggeri sono tutti scesi. Un cordone disordinato di carabinieri e vigili del fuoco tenta di circoscrivere il luogo di quello che ha tutta l'apparenza di un attentato terroristico.

Dall'alto della massicciata è possibile vedere la 850 circondata di curiosi. Solo in un secondo tempo le forze dell'ordine si decidono a farla piantonare. Comanda l'azione un Maggiore dei carabinieri dall'aria estremamente efficiente. Lo segue, abbastanza sconvolto, il Maresciallo di Cinisi:

MAGGIORE
Fate allontanare quella gente, non fategli toccare nulla. Di chi è quella 850?

MARESCIALLO
Di un ragazzo che conosco.

MAGGIORE
E chi sarebbe questo ragazzo?

MARESCIALLO
Si chiama Giuseppe Impastato...

Il Maggiore fa spallucce seccato. Improvvisamente qualcuno comincia a...

140

...gridare. È una giovane donna, una viaggiatrice del treno. Indica qualcosa in direzione di un cespuglio. Un vigile del fuoco va a vedere. Si ferma di colpo. Si volta e comincia a dare di stomaco. Anche altre persone si sono messe a gridare.

UN CARABINIERE
Maresciallo, venga, presto!

In mezzo ai cespugli c'è un arto umano: una gamba maciullata dall'esplosione. Solo ora si comincia a capire che deve essersi disintegrato qualcuno. Per il Maggiore è una conferma:

MAGGIORE [al Maresciallo]
Mi sembra tutto chiaro.

MARESCIALLO
Cioè?

MAGGIORE [conclusivo]
Preparava l'attentato e ci è rimasto secco!

Si dirige verso i suoi uomini ordinando di chiamare un'ambulanza e il medico legale.
Poi, vedendo che alcuni giovani cercano di oltrepassare i cordoni:

MAGGIORE
Chi sono quelli?

MARESCIALLO
Quelli della Radio, amici dell'Impastato. Pare che abbiano trovato dei reperti...

MAGGIORE [brusco, militare]

   Che, siamo impazziti? Adesso le indagini le fanno loro? Allontanateli subito!

Subito un gruppo di carabinieri si dirige verso Salvo, Faro, Vito e Giovannino. Sono inorriditi, sconvolti. Gridano al Maresciallo:

SALVO

   Maresciallo, abbiamo trovato delle prove!!!

VITO

   C'è una pietra macchiata di sangue! È qui che l'hanno ammazzato!

SALVO

   Maresciallo ci sono delle prove, non potete ignorarle!!!

Continuano a gridare mentre i militari li spintonano via. Il Maresciallo è scosso, sinceramente perplesso. Si volta verso il Maggiore quasi a chiedere istruzioni meno sbrigative. Invece:

MAGGIORE

   Se oppongono resistenza procedete all'arresto!

Tagliente, vedendo che il Maresciallo esita ancora:

MAGGIORE

   Maresciallo. Questo caso lo vogliamo risolvere o no?

SCENA 95
Casa Impastato [interno alba]

Scansando villanamente Felicetta, entrano quattro carabinieri. Passi pesanti, modi bruschi. L'ultimo, un graduato, si ferma davanti alla madre di Peppino...

BRIGADIERE
È lei la signora Impastato?

FELICIA [preoccupata]
Ma che fu?

BRIGADIERE
Dobbiamo perquisire l'appartamento.

FELICIA
Mio figlio Peppino? Combinò qualcosa?

Il brigadiere non le risponde. La scosta con un braccio e raggiunge gli altri. Per tutto il tempo la donna continua a camminargli dietro e a parlargli, con la voce che lentamente si spegne, rassegnata. Alla fine parla solo a se stessa, domande masticate a bassa voce, senza aspettarsi risposta. I militari intanto continuano a perquisire la casa, rapidi, professionali. Come se la donna nemmeno esistesse...

BRIGADIERE
Che hai trovato?

FELICIA
È scappato?

PRIMO CARABINIERE
Un volantino. È per il comizio di domani sera.

BRIGADIERE
Prendilo.

FELICIA
Fece a botte con qualcuno? Sta all'ospedale?

Nessuno le dà retta. Il brigadiere continua a dare ordini secondo gli schemi previsti:

BRIGADIERE
Sequestrate libri, quaderni, tessere di qualsiasi tipo, ritagli di giornali, dischi, scontrini, appunti, cartoline illustrate... Tutto quanto!

FELICIA [sempre più debolmente]
Lo arrestarono?

SECONDO CARABINIERE
Qui c'è un album di fotografie.

BRIGADIERE
Mettilo assieme alle altre cose.

FELICIA [quasi a se stessa]
Fu per la politica? Ci serve l'avvocato?

TERZO CARABINIERE
Ho trovato questo...

Esibisce un foglietto spiegazzato, recuperato in fondo a un cassetto. Sopra è scritta, di pugno di Peppino, la frase: voglio abbandonare la politica e la vita...

Arriva Salvo. Appena vede i carabinieri ha un atti-
mo di esitazione. Non ha la forza di dire alla madre di
Peppino quello che ormai tutti sanno. Ma quando Feli-
cia si accorge della sua presenza, capisce al volo. Co-
mincia a respirare affannosamente. Cerca di gridare ma
non esce voce...

SCENA 96
Radio Aut [interno giorno]

Il locale sembra in abbandono. Fogli sparsi sulla scri-
vania, cassetti aperti e rovesciati in terra come dopo una
perquisizione. La Radio è vuota. Un lungo travelling
scruta l'ambiente fino a comporre il quadro su Salvo. È
seduto ai microfoni. Parla con una freddezza che non
gli conosciamo:

SALVO
...Questa mattina Peppino avrebbe dovuto tenere
il comizio di chiusura della campagna elettorale.
Non ci sarà nessun comizio, non ci saranno più
trasmissioni. Peppino non c'è più, Peppino è mor-
to, si è suicidato.

Tace. Si guarda intorno, poi ricomincia:

SALVO
Sì, non sorprendetevi, è andata proprio così! I carabinieri lo dicono, lo dice il magistrato... hanno
trovato un biglietto: *voglio abbandonare la politica*
e la vita... questa sarebbe la prova del suicidio, la
dimostrazione... E lui per abbandonare la politica
e la vita cosa fa? Va alla ferrovia, picchia la testa
contro un sasso, macchia di sangue tutt'intorno, poi

si avvolge nel tritolo e salta per aria sui binari... Suicidio! Come l'anarchico Pinelli, che vola giù dalla finestra della Questura di Milano, come l'editore Feltrinelli che salta su un traliccio dell'Enel... Questo leggerete sui giornali, questo vedrete alla televisione... Anzi non vedrete proprio niente...

Si schiarisce la voce.

SALVO

...perché questa mattina giornali e televisione parleranno di un fatto molto più importante... del ritrovamento a Roma dell'onorevole Aldo Moro, ammazzato come un cane dalle Brigate rosse. E questa è una notizia che fa impallidire tutto il resto, per cui: chi se ne frega del piccolo siciliano di provincia! Chi se ne fotte di questo Peppino Impastato! Adesso spegnetela questa radio, giratevi dall'altra parte. Tanto si sa come va a finire, si sa che niente può cambiare. Voi avete dalla vostra la forza del buonsenso... quella che non aveva Peppino... Domani ci saranno i funerali... voi non andateci... Lasciamolo solo! E diciamolo una volta per tutte che noi siciliani la mafia la vogliamo! Non perché fa paura ma perché ci dà sicurezza, perché ci identifica, perché ci piace! Noi siamo la mafia! E tu Peppino non sei stato altro che un povero illuso, tu sei stato un ingenuo, un nuddo mescato cu'n niente!

SCENA 97
Casa Impastato [interno giorno]

Vestita di nero, le dita che stringono un fazzoletto, la madre di Peppino sta seduta su una sedia. Davanti a lei una bara chiusa. Non piange, conserva un'irriducibile dignità. Entra nella stanza la nuora:

FELICETTA
C'è il cugino Schillirò.

FELICIA
Qua sono...

Felicetta s'affaccia nell'altra stanza, fa un cenno ed entra Schillirò. Vestito di nero, il cappello in mano, la solita aria di circostanza:

SCHILLIRÒ
Le mie condoglianze, Felicia...

La donna lo guarda senza ostilità, come se fosse trasparente...

SCHILLIRÒ
Ti porto una parola di Tano... [s'abbassa a sfiorarle l'orecchio] vuole farti sapere che gli dispiace per Peppino... e che lui non c'entra...

Resta immobile, piegato in avanti, come in attesa di risposta.

FELICIA [guardando davanti a sé]
E poi?

SCHILLIRÒ
Ai funerali... forse se tu resti a casa è meglio... [una pausa, sembra imbarazzato] Adesso devi pensare a Giovanni...

Felicia Impastato si volta a guardarlo dritto negli occhi. Non dice una parola. Solo quello sguardo livido e muto.

ANTHONY [fuori campo]
   Fuori!

Schillirò si volta. Anthony, il cugino americano, lo affronta minaccioso:

ANTHONY
   Go away!

Schillirò sparisce. Anthony si avvicina a Felicia, le prende le mani commosso:

FELICIA [indica la bara]
   Quello non è mio figlio. A pezzettini me l'hanno fatto... a pezzettini...

ANTHONY
   Peppino, sangue pazzo! Ma era uno di noi...

La donna lo interrompe, improvvisamente dura:

FELICIA
   Non era uno di voi. E io vendette non le voglio.

ANTHONY [paziente]
   Dove gli amici... i *compagni*?! Se lo sono scordato... *Noi* siamo accà... 'a famigghia... 'a famigghia.

In quel momento entra precipitosamente Cosima. Sembra sconvolta, tiene la testa tra le mani. Riesce appena ad articolare:

COSIMA
Quanti sono! Quanti sono!!!

Felicia si affaccia alla finestra...

FELICIA
Non se lo sono dimenticato...

Si volta, ma il cugino Anthony se n'è andato via di corsa...

SCENA 98
Cinisi – il Corso [esterno giorno]

Dal fondo del Corso un muro compatto di manifestanti avanza in silenzio. Saranno perlomeno un migliaio.

TAGLIO INTERNO

Il paese appare deserto, tutte le imposte sono chiuse. Eppure, davanti alla casa di Peppino, i ragazzi convenuti stanno aspettando il feretro. Immobili, seri. Hanno portato bandiere, cartelli, striscioni. Su uno c'è scritto: CON LE IDEE E IL CORAGGIO DI PEPPINO NOI CONTINUIAMO. *Su un altro:* LA MAFIA UCCIDE, IL VOSTRO SILENZIO PURE. *Su un altro ancora:* LA MAFIA UCCIDE, LO STATO DEPISTA...

Il contrasto tra i ragazzi che la accolgono alzando in silenzio il pugno chiuso e Felicia avvolta in un lutto senza lacrime è molto forte. Ma la donna, dopo un attimo di smarrimento, sorretta da Giovanni e Felicetta, si mette alla testa del corteo come se fossero tutti suoi figli...

149

L'auto col feretro di Peppino avanza lungo il Corso di Cinisi. Seguono: la madre, Giovanni, Felicetta, Salvo, Vito, Faro e tutti gli amici che non hanno voluto lasciarlo solo. Ma ci sono anche centinaia di altri sconosciuti, donne, contadini, gente comune che deve aver sempre considerato Peppino come uno di loro. Molto invecchiato, Stefano Venuti singhiozza come un bambino. In borghese, il Maresciallo dei carabinieri si mischia alla folla come uno qualsiasi...

L'eco dei passi cresce sempre di più, mentre la macchina da presa si innalza sul Corso abbracciando il migliaio di persone che compongono questo strano corteo funebre, manifestazione di dolore, di rabbia e di compostezza allo stesso tempo. Poi l'immagine lentamente dissolve mentre sullo schermo compaiono una dopo l'altra due didascalie:

Peppino Impastato è stato ucciso il 9 maggio 1978

Dopo vent'anni la Procura di Palermo
ha rinviato a giudizio Tano Badalamenti
per l'omicidio di Giuseppe Impastato

SCENA 99

Fotografie, immagini in bianco nero. È Peppino Impastato, quello vero. Un giorno qualsiasi di allegra militanza radiofonica: è seduto al tavolo di registrazione, una mano sulla cuffia, l'altra che disegna in aria astratti geroglifici come a dar forza alle parole.

Altra immagine: Peppino è insieme a un gruppo di ragazzi. Forse una manifestazione, forse un comizio. Tiene un foglio in mano, l'espressione è seria e concentrata.

Ora Peppino è solo, sorride. Il sole incendia il paesaggio alle sue spalle. Passa una mano tra i capelli, gli occhi ammiccano a qualcuno fuori campo.

Ancora il gruppo dei ragazzi: Peppino è fra loro. L'inquadratura va a stringere sul suo primo piano e quella che sembrava un'espressione buffa si colora di un'insolita paterna tenerezza, uno sguardo di protezione, di forza e di malinconia rivolto agli altri.

Poi l'immagine lentamente dissolve e il buio ce la porta via.

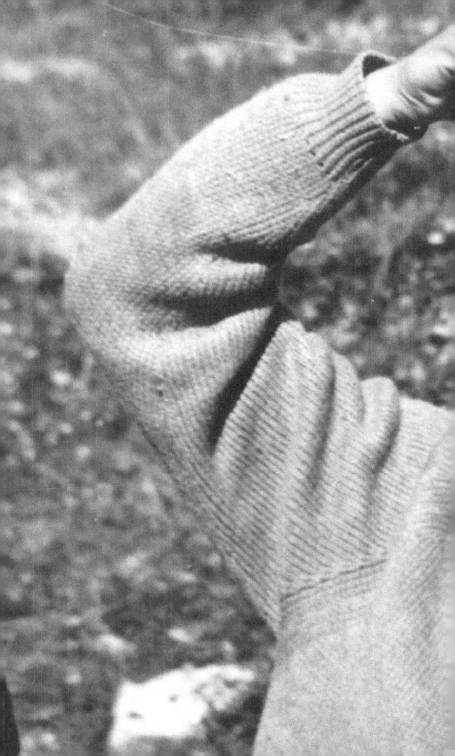

Questo film è stato realizzato
grazie ai famigliari di Peppino, ai suoi compagni
e al Centro siciliano di documentazione
Giuseppe Impastato

Peppino Impastato	Luigi Lo Cascio
Luigi Impastato	Luigi Maria Burruano
Felicia Impastato	Lucia Sardo
Giovanni Impastato	Paolo Briguglia
Tano Badalamenti	Tony Sperandeo
Stefano Venuti	Andrea Tidona
Salvo Vitale	Claudio Gioè
Vito	Domenico Centamore
Anthony	Ninni Bruschetta
Cosima	Paola Pace
Cesare Manzella	Pippo Montalbano
moglie di Cesare Manzella	Aurora Quattrocchi
zù Gasparo	Gaspare Cucinella
Paolino Schillirò	Dario Veca
Peppino bambino	Lorenzo Randazzo
Giovanni bambino	Luigi Billeci
Felicetta	Simona Cavaglieri
Sindaco	Sebastiano Castrorao
campiere	Giovanni Nobile
barbiere	Vincenzo Vitale
ufficiale giudiziario	Vito Cardinale
tipografo	Pietro Abbate
edicolante	Lorenzo Genova
nipote Jacuzzu	Orio Scaduto
barista	Abdelmjid Adib
Barbablù	Giovanni Martorana
amici di Peppino	Carlo Ferreri
	Giacomo Cuticchio
	Elio Lo Cascio
	Luca Mirone
	Marilia Cucinella
	Anna Vitale
	Valentina Licata
	Gaetano Palazzolo
	Giuseppe Randazzo
	Lorenzo Cucinella
	Simona Cordone
	Francesca Venuti
	Luca Badagliacco
giornalista	Fabrizio Romano

Theresa	Lene Guthormsen
hippies Comune	Silvia Russo
	Nadine Messina
	Tommaso Caporrimo
	Francesca Prestigiacomo
bambini	Alessio Melarosa
	Mirko Melarosa
	Luca Veca
carabinieri	Niccolò Bellavista
	Empedocle Dario Buzzanca
contadini esproprio	Salvatore Ruggeri
	Annibale Cangemi
	Antonino Ciaravino
	Davide Ficarra
	Massimo Di Fata
amici zio Cesare	Mario Lipari
	Anna Patinella
amici Tano	Giovanni Lo Cascio
	Innocenzo Renda
	Giacomo Palazzolo
	Mariano Spataro
	Rosario Gallo

con l'amichevole partecipazione di

Maresciallo	Mimmo Mignemi
Carlo	Roberto Zibetti
Mauro	Francesco Giuffrida
Maggiore	Fabio Camilli

ufficio stampa
Studio Puntoevirgola
di Olivia Alighiero & Flavia Schiavi

"ARIA" DA AQUILARCO
musica di Giovanni Sòllima
© Casa Musicale Sonzogno, Milano
violoncello: Giovanni Sòllima
flauto: Luigi Sòllima
Giovanni Sòllima Band
violino: Todd Reynolds
viola, basso elettrico: Renato D'Anna
violoncello: Greg Hesselink
tastiere: Lisa Moore
chitarra elettrica: Wiek Hijmans

percussioni: Frank Cassara
sound engineer: Maurizio Curcio
missaggio: Renato D'Anna
"Aquilarco" di Giovanni Sòllima è un CD Point Music/Universal

"LAMENTU"
musica di Giovanni Sòllima
© Casa Musicale Sonzogno, Milano
violoncello: Giovanni Sòllima
Ensemble Soni Ventorum
flauto: Luigi Sòllima
violino: Michele Campo
viola: Renato D'Anna
tastiere: Riccardo Scilipoti
chitarra elettrica: Marco Amico
percussioni: Giovanni Caruso
sound engineer: Maurizio Curcio
missaggio: Renato D'Anna
si ringraziano
CIMS di Palermo
Sergio Bonanzinga
Ravenna Festival

"SILOUAN'S SONG"
musica di Arvo Pärt
© 1991 by Universal Edition A.G., Wien
orchestra AMIT diretta da Angelo Giovagnoli
primo violino: Antonio Pellegrino
secondo violino: Francesca Pellegrino
viola: Gualtiero Tambè
violoncello: Luca Pincini
contrabbasso: Ezio Bosso
registrazione effettuata presso SONIC STUDIO
fonico: Fabio Venturi
assistenti: Goffredo Gibellini, Mauro Rea

"AEOLIAN SUITE
FOR GUITARD AND SMALL ORCHESTRA"
musica di John Williams
© John Williams
(P) 1998 Sony Music Entertainment Inc.
chitarra: John Williams
orchestra diretta da William Goodchild
courtesy of Sony Classical
by arrangement with Sony Music Italy

sequenze dal film *Le mani sulla città*
di Francesco Rosi
per gentile concessione del regista
e della società Galatea
copia della Cineteca di Bologna

i ritratti dello studio di Stefano Venuti
sono stati realizzati da
Giuseppe Ducrot

assistenti alla regia	Gerardo Panichi
	Antonio Bellia
	Giacomo Iuculano
segretaria di edizione	Cinzia Liberati
capogruppo	Vittorio Sciattella
ispettori di produzione	Marcantonio Borghese
	Massimo De Angelis
	Marco Galatioto
	Roberto Romoli
segretaria di produzione	Laura Adriana Nicotra
assistente di produzione	Vincenzo Cusumano
operatore di macchina	Vincenzo Carpineta
assistente operatore	Matteo Ceccarelli
aiuto operatore	Matteo Ortolani
operatore steadycam	Stefano Paradiso
fotografo di scena	Angelo Turetta
assistenti scenografo	Nicola Console
	Marcello Di Carlo
	Cristian Meniconi
arredatore Roma	Antonella Di Marco

attrezzista di scena	Sandro Perigli
attrezzista di set	Peppe Proia
aiuto attrezzisti	Abdelmajid Adib
	Vincenzo Evola
pittore	Elio Luciano
pittore di scena	Ivano Pirolli
consulente mezzi militari	Franco Scalici
consulente uniformi militari	Giorgio Cantelli
stunt	Sal Borgese
	Alessandro Borgese
truccatore	Enrico Iacoponi
assistente truccatore	Zaira Ruffini
parrucchiera	Samankta Giorgia Mura
assistente costumista	Alessandra Carta
sartoria	Beniamino Fadda
assistente sartoria	Giulio Massaro
capo squadra macchinisti	Ennio Picconi
macchinisti	Antonio Memeo
	Antonino Costantino
	Marco Bivona
capo squadra elettricisti	Mauro Pescetelli
elettricisti	Claudio Gallicchio
	Roberto Ridolfi
	Salvatore Porretto
	Maurizio De Pol
autista cinemobile	Giovanni Antonini
autista furgone mdp	Emiliano Brunamonti
autista furgone macchinisti	Alessandro De Vena
assistenti montaggio	Maria Elvira Castagnolo
	Patrizia Innocenzi
montaggio presa diretta	Mimmo Granata
consulenza finanziaria	Tomaso Radaelli
consulenza legale	Studio Luciano Sovena
consulenza commerciale	Leonardo Gresele
consulenza amministrativa	Sergio Giussani
consulenza assicurativa	Lilli Cardoni
amministrazione	Clara Mancini
	Anna Novelli
cassiera	Clara Avallone
rapporti istituzionali Roma	Matteo Morozzo Della Rocca
rapporti istituzionali Palermo	Bridge Service

assistenti volontari selezionati
in collaborazione con il Comune di Palermo

regia	Pierfrancesco Diliberto
	Guido Farinella
produzione	Ari Garraffa
	Paolo Iraci
scenografia	Giovanni Liggio
	Simonetta Ardizzone
costumi	Stefania Tarantino
	Alessandro Cirrone
fotografia	Marco Battaglia

materiale di repertorio Rai Trade
ricerche Antonio Cecchi

si ringraziano
cittadinanza di Cinisi
Comune di Cinisi
Sindaco di Cinisi
Polizia municipale di Cinisi
Carabinieri di Cinisi
Protezione civile di Cinisi
Polizia municipale di Terrasini
Carabinieri di Terrasini
Polizia municipale di Carini
Carabinieri di Carini

un ringraziamento particolare a
Città di Palermo
Sindaco di Palermo
coordinamento antimafia
Vigili del fuoco
FFSS della Regione Sicilia
Ente sviluppo agricolo Regione Sicilia
Cineteca di Bologna
Gruppo Edo Roma
Air Sicilia
Tirrenia
Alitalia
Hotel Calarossa
La Nuova Vigilanza

si ringrazia per la collaborazione
Banco di Sicilia
Mercedes-Benz Italia – Daimler Chrysler Italia Holding

un ringraziamento particolare a
Annamaria Granatello
Umberto Santino
Anna Puglisi
Salvo Vitale
Stefano Venuti
Maria Antonietta Mangiapane
Livia Borghese
Caroline Francq
Giulia Randazzo
Liborio Briguglio
Mario Lipari
Leonardo Leone
Tommaso Ferrara
Salvatore Zerillo
Franco Lo Duca
Salvatore Catarinicchia
Tommaso Chirco
Enzo Bartolotta
Salvatore Cusumano
Dario Veca
Gaia Cremonesi
Giuseppe Venuti
Salvatore Palazzolo
Vittorio Maltese
Rosemarie Tasca D'Almerita
Francesca Mosca
Paolo Mosca
Gianfranco Conti
Nando Cartocci
Monica Verzolini
Enrico Barone
Rinaldo Marsili
Francesca Marsili
Marco Risi
Francesca D'Aloja
Maurizio Tedesco
Paolo Buzzurro
Matteo Levi
Alexandre Déon
Yves Jeanneau
Jean Brehat
Arnauld De Battice
Ismail Merchant
Carol Levi
Violante Pallavicino
Vincenzo De Vivo

Piero Ostali
Franco Daldello
Anna Collabolletta
Piera Fadda
Elena Zingali

si ringraziano inoltre

occhiali	Ottica Carla, Cinisi
proiettori	Danilo Flachi
abbigliamento	Gaetano Cusumano
	Ciro De Crescenzio
telefonia	Faro Di Maggio
fotografie	Salvatore Maltese
oggettistica	Prima Radio, Partinico
	Nazareno Abate
arredamento	Padre D'Aleo
	Ristorante Due Dadi
	Ristorante Il Pirata
	Biblioteca Comunale di Cinisi
	Vittorio Cucinella
	famiglia Palazzolo
	Padre La Versa
arredamento FFSS	Leone Benedetto
documentazione	Anna Vitale
	Pino Manzella
	Guido Orlando

effetti speciali
Franco Fabio Galiano

scenotecnico
Roberto Ricci
Giancarlo Mancinelli

automobili e mezzi di scena
Vito Veninata, Ragusa
Vincenzo Cusumano, Cinisi
Afa s.r.l. f.lli Conti, Roma

costruzioni
B.N.P. di Natale Biundo
Falegnameria f.lli Bologna
Studio ing. Costanza
Cosma s.r.l.

i ritratti in casa di Anthony sono stati realizzati
dállo Studio Illusioni & Realtà

studio fotografico
Emeu

autotrasporti
Maggiore

calzature
Pompei 2000

sartoria
Annamode 68

uniformi
Nori

parrucche
"La maschera d'Apollo"
parrucche Mario Audello

teatri di posa
Studios – De Paolis

mezzi tecnici
f.lli Cartocci

catering
Higher s.r.l., Palermo
L.A.S. Catering s.r.l., Roma

lampade gelatine
Rec s.r.l.

il film è stato montato in avid
presso Movie Republic

mezzi tecnici montaggio suono
Doraemon

effetti sonori
˙Sondtrack
di Luciano e Massimo Anzellotti

sonorizzazione
Sefit

mixage
Danilo Moroni

titoli e truke
effetti digitali
Studio A.M.

effetti postproduzione
Promex

sviluppo e stampa
Technicolor

tecnico del colore
Alfredo Longo

negativi
Kodak

vidigrafi
Augustuscolor

telecinema
lvr Vittori